— 長編官能小説 —

ゆうわく海の家

＜新装版＞

美野　晶

竹書房ラブロマン文庫

目次

第一章　暑いバイトと熱い夜

「あー何もやる気が起きねえや……」

自室のベッドの上でタオルケットにくるまりながら、優人《ゆうと》は悶々《もんもん》と寝返りを打っていた。

七月に入り、外は熱い日差しが照りつけてうだるような暑さなのに、エアコンを十九度に設定したこの部屋は少し肌寒いほどだ。

(どん底の夏だよ……)

別に特別に暑がりでもない優人が、二十二歳の夏に部屋でごろごろとしているのには、理由があった。

今年の二月に大学を卒業したものの、在学中に就職先を決めることが出来ず、アルバイト生活を送ることになった。

今時、就職浪人も珍しくないご時世なので、職がないことに落ち込んでいるわけではなく、バイト先で仕事に励《はげ》み、同じ職場でアルバイトする彼女も出来た。

しかし、これから楽しい夏を迎えようとする直前、他に好きな人が出来たからとあっさり振られてしまったのだ。

おまけに二人が付き合っているのは職場の皆にも知られていたので、優人は結局居づらくなり、頑張っていたアルバイトもやめてしまった。

「あーあ」

かくして、職も恋人も同時になくしてしまった優人は、昼間から薄暗く寒い部屋でふて寝を繰り返す日々を送っていた。

「優人っ、いつまで寝てんのよ、何、この部屋、寒っ」

突然ドアが開いて、母親が入って来た。

「なんだよ、ノックぐらいしろよ」

タオルケットにくるまったまま、優人は顔だけを出して母に言う。

「うるさい、こんなに冷房強くして、電気代だってただじゃないんだからね」

母はいきなりタオルケットを摑《つか》むと、力ずくで引き剝《は》がす。

「痛《い》てえ」

強引にタオルケットを剝ぎ取られた勢いで、優人はベッドの下に転がり落ちた。

女だてらに小さな会社を経営し、母子家庭で優人を育て上げた母の麗子《れいこ》は、気が強い上に腕力の方もかなり強い。

「こんなことばかりしてたら、あんた人間が腐るよ、バイトを見つけてやったから、そこに行きな」

床に座る優人を見下ろし、いつものガラの悪いしゃべり方で母は言った。

「バイト？」

優人は顔を上げて、眉間《みけん》にしわを寄せる母を見上げた。

「あんたも子供の頃お世話になっただろ、S海岸の真木子《まきこ》。あの子のところでバイトを探してるって言ってたから、今から行ってきな」

真木子とは母の後輩で、優人が中学に入る頃まで、彼女の家が営む酒屋と海の家があるS海岸に毎年のように行っていた。

S海岸はここから電車で三時間くらいの場所にあり、もう身内はいないが、母の生まれ故郷でもあった。

「真木子さんのところってまさか……」

「そうだよ、海の家。服はまとめてやったから、夏の終わりまで行ってきな」

どうやら母は優人の意志に関係なく、S海岸に行かせるつもりらしい。

「ええっ、やだよ、そんな暑いとこ」

灼熱《しゃくねつ》の浜辺で肉体労働をする気力は今の優人にはない。

失恋の傷もまだ癒《い》えてないのだ。

「ごちゃごちゃ言ってないで、その腐った根性を真木子にたたき直してもらってこい」

「うわ、何すんだ、わわっ」

母親にTシャツの首根っこを掴まれ、優人はエアコンの効いた部屋から引きずり出された。


「うわっ、暑う」

S海岸のすぐ前にある駅に降り立った瞬間、優人は湿気を帯びた熱風と容赦のない日差しに倒れそうになった。

快適だったのは電車の中までで、コンクリートのホームに照り返す夏の日差しに目がくらみそうだ。

「ああ……もう帰りてえ……」

先日までしていたバイトもクーラーの入った職場だったので、余計に暑さを感じる。

これが海水浴にでも来たのなら楽しいのだろうが、これからここで働くのかと思うと、一気に気持ちが萎《な》えてきた。

「おー、優人、相変わらず、細くて頼りないなあ、お前は」

駅舎を出ると、すぐ前に長身で色白の女性が立っていた。

幼い頃よくお世話になった母の後輩、真木子だ。

(そうだった……この人もガラが悪いんだ)

長い黒髪を後ろでまとめ、なぜか棒付きアメを舐《な》めている真木子は、目鼻立ちのはっきりした美人だが、母同様に気が強く、そして怖い。

小学生の頃、泳げないと言ったとたん、足のつかない深さの海に放り込まれた記憶が脳裏に蘇《よみがえ》ってきた。

「お、お久しぶりです……でもなんで、アメなんか舐めてるんですか」

Tシャツに七分丈《しちぶたけ》のパンツ姿で仁王立《におうだ》ちしている真木子の口元を見て、優人は言った。

「ああ、これ？　この間から禁煙しててさ、口が寂しいんだよ」

海のある方角に向かって歩き出しながら、真木子はにやりと笑った。

「早速、今から海の家の方で働いてもらうよ」

はっきりと気っぷのいい口調で真木子は言う。

「えっ、今日からなの……」

思わず敬語を使うのも忘れて優人は声を上げた。

「何言ってんだよ、こっちは人手が足りないんだ。私は酒屋の方があるから力仕事も出来る奴がいるんだよ」

真木子はそう言うなり、優人の背中を思いっきり平手打ちしてきた。

「痛あっ」

背中が灼《や》けたように熱くなり、優人はのけぞってしまう。

昔から優人の母親の麗子を「姉《ねえ》さん」と呼んで慕《した》い、つき合いの長い真木子だけに、まったく遠慮がない。

「なんだ、姉さんが言ってた通り軟弱だな、まあ夏の間にたっぷり鍛えてやるよ」

あまりの痛さにうずくまりそうになる優人を置いて、真木子は男顔負けの大声で笑いながら歩いていく。

いまさらながら優人は、とんでもないところに来てしまったのではと後悔した。

優人の悪い予感は見事に当たっていた。

「あ、優人くん、それが終わったら瓶ビールの方を冷蔵庫に移し替えといてね」

ビールサーバーの横にタンクを積み上げた優人に、海の家の仕切りを任せられているという東野《ひがしの》さんという中年女性が言った。

「は、はい……」

汗まみれの顔で優人は力ない返事を返す。

「よろしくねー」

小柄でいかにもおばさんと言った見た目の東野さんは、言葉じりは温和だが、人使いに容赦はなかった。

(死ぬ……マジで死にそうだ、なんて暑さだよ……)

居酒屋でアルバイトをした経験もあり、ビールケースを持つのは初めてではない優人だったが、灼熱の気温がその重さを何倍にもしているように思える。

「うわ、こっちはもっと暑いっ」

壁がなく屋根と床だけの海の家もかなりの暑さだが、外に出て砂浜の上に立った時の温度はまた格別だ。

視界にある景色が歪《ゆが》み、少し向こうにある海の中に飛び込んでしまいたい衝動に駆られた。

「あはは、早く入ろうよ」

汗まみれでビールケースを抱えた優人の目の前を、大学生とおぼしき水着の二人組の女性が歩いていった。

(お、すごいプリプリ……)

二人とも顔は至って普通といった感じだが、ヒップがきゅっと上がっていて、何とも悩ましい。

今日は平日のせいか、家族連れなどはほとんど見かけず、学生っぽい人間ばかりだ。

「ほんとに仕事しに来るところじゃないよな」

周りは脚や腕を剝《む》き出しにした若い女性ばかりだ。

自分も泳ぎに来ていたのであればどんなに楽しいかと優人は思う。

「お待たせー」

二人組の女性には連れの男が二人いた。

「くそっ」

彼女に振られなければ自分も今頃はと思うと、優人は悔しくて仕方がない。

いまの優人には砂浜の白さも海の青さも、腹立たしいとしか感じなかった。

「優人くーん、ビール終わったあ?」

海の家の建物の中から東野さんの声が聞こえてきた。

「はーい、もうすぐ終わります」

優人は自棄《やけ》気味に叫んで、ビールケースを運んだ。

「死ね、カップルはマジで死ね」

ようやく与えられた休憩時間も、優人は食事を取ることも出来ず、海の家の裏手でうずくまった。

建物の屋根がせり出していて影になり、少しはましとはいえ、ここもたまらない暑さだ。

「最後までもつのか、俺……」

いつまでこの暑さに耐えられるのかと不安になる優人だったが、途中でギブアップなど出来るはずもない。

無理矢理逃げたりしたら、母や真木子にボコボコにされそうだ。

「あー」

逃げることすら出来ない優人は、もう刑務所にでも入れられた気分だった。

「疲れたでしょ、初めてだから、はい、これ差し入れ」

ため息を吐《つ》いてへたり込む優人の前に、突然、缶ジュースが差し出された。

「えっ……」

顔を上げると、一人の女性が前屈みになって優人の様子を覗《のぞ》き込んでいた。

切れ長の美しい瞳を細めてニコニコと優しげに微笑んでいる。

「えっと……確か……平松《ひらまつ》さん」

照れもあって、名前を思い出すようなふりをしたが、彼女のことは一発で思い出していた。

真木子の経営する海の家の従業員は年配の女性、悪く言えばおばさんばかりだったが、彼女ひとりだけ年が若く、そして美しかったからだ。

「そう、平松奈々海《ななみ》。よろしくね」

明るく言って奈々海は優人の隣りに座る。

Tシャツに膝丈のパンツ姿という地味な格好だが、隠し切れないほどスタイルがよく、露出している腕やふくらはぎの肌は透き通るように白かった。

「いただきます……」

礼を言って優人がジュースの蓋を開けると、奈々海も隣で、手にしていたもう一本の缶ジュースを飲み始めた。

「ふうう……美味《おい》しい……」

コンビニなど、どこでも売っているようなジュースが、まるで甘露《かんろ》のように甘く舌を潤し、渇《かわ》いた身体に染みこんでいく。

これも熱波の中で働いていたおかげかもしれないと、優人は思った。

「ふふ、ずっと暑いところで働いてると、何を飲んでも美味しいよね。特に仕事上がりのビールとか」

優人より少し年上に見える奈々海は、笑顔を向けて言う。

少し汗ばんだ、うっすらピンクに染まった白い頬が何とも魅力的だ。

「はい、ありがとうございます、美味しいです、平松さん……」

「奈々海でいいよ、私も優人くんの方が呼びやすいし」

優人の名字は中木田《なかきだ》と言い、ここで自己紹介したすぐ後、東野さんから呼びにくいので下の名前で呼ばせてくれと言われていた。

「はい……」

黒髪を後ろに束ねた奈々海の顔がやけに近く、優人は少し照れてしまう。

（なんか……地元の人じゃない感じだな……）

奈々海の言葉使いは真木子や東野さんとは微妙に違い、どちらかと言えば東京に住む優人に近いように思えた。

「どうしたの、もし気持ち悪かったりしたらすぐに言うんだよ」

黙り込んで考える優人が体調を悪くしたと思ったのか、奈々海は心配そうに覗き込んできた。

（うわっ）

奈々海が前屈みでこちらを覗き込んだ瞬間、Ｔシャツの胸元が開き、その中に真っ白な乳房が覗いた。

白のブラジャーに包まれていて肝心なところは見えないが、かなり豊満な乳肉がカップからはみ出して、くっきりと谷間を作っていた。

「いえ、大丈夫です……」

せっかく冷たい飲み物で冷えた身体が再び燃えるように熱くなり、優人は顔を逸《そ》らした。

（いったい何カップあるんだ……）

大学時代にも彼女がいてすでに童貞ではない優人だったが、今まで見たことがないほど迫力のある巨乳だった。

（すごいな……ウエストは細いのに……）

清楚《せいそ》な和風美人といった感じの奈々海にはアンバランスな巨乳に、優人はドキドキしっぱなしだった。

「ただいま戻りましたあ」

いきなりの労働を終え、下宿する真木子の家に帰ってきたときには、もう精も根も尽き果てていた。

「おー、お帰り、飯出来てるぞ」

Tシャツにパンツ姿の真木子が奥から顔を出した。

「はい……いただきます……」

昼間は物を食べる気持ちにすらならなかったが、身体は現金なもので、仕事が終わると腹が空《す》いて仕方がなかった。

「いっぱい食えよ」

酒の並んだ店の奥にある居間に入ると、テーブルの上に色とりどりの刺身や煮付けなど、魚料理が並んでいた。

「今日は優人の歓迎会だからな、いくらでも食べていいよ」

店を閉めた真木子は自らもテーブルに座りながら言った。

「こんなに食べきれるかな……」

テーブルを埋め尽くした皿を眺めて優人は笑った。

「ん？　ああ作りすぎたな、地元の人間以外が来るのも久しぶりだしな」

真木子は少し悲しげな顔を見せて言った。

ここに来る前に母から、子供の頃にお世話になった真木子の両親はすでに他界していて、今は彼女一人で店と海の家を運営していると聞かされていた。

しかも、それから間《ま》を置かず、三人姉弟の末っ子の弟も、船の事故で亡くなったというのだ。

「うまいっ」

椀《わん》に入った魚や貝で埋め尽くされた汁をすすって優人は声を上げた。

彼女の悲しみは計り知れない、だから優人はここにいる間、明るく振る舞おうと決めていた。

「そうか、よかったよ、それは漁師汁って言って地元の名物料理なんだ」

海の滋味が詰まったような汁物に感動する優人を見て、真木子も笑った。

真木子の歳は、母の五つ下だから三十六歳になるはずなのだが、肌には張りがあって、ずいぶんと若々しく感じる。

「美味しいよ、こんなの食べたことない」

「まあ、東京じゃ食べられないだろな」

白い歯を見せて笑う真木子の顎《あご》の下で、大きく前に突き出た乳房がプルンと揺れた。

(真木子さんも大きいな)

真夏の薄着だから双乳の巨大さがよく目立つ。

その大きさは昼間見た奈々海の巨乳にも負けず劣らずだ。

「真木子さんって、結婚しないんですか」

性格には少々の問題はありそうだが、顔もスタイルもいい真木子なら結婚したい男などいくらでもいるように思えた。

「あ？　結婚したくなるようないい男がいないんだよ、なんだ優人、いい歳してたら結婚しなくちゃいけない法律でもあんのか？」

真木子は眉間にしわを寄せて睨《にら》みつけてきた。

どうやら触れてはいけないところに、優人は触れてしまったようだ。

「余計なこと言ってないで、さっさと食え」

そう言うなり、真木子のそばにあったティッシュの箱が飛んできた。

「痛てえ」

箱は額に見事命中し、優人は箸を持ったままひっくり返った。

「死んだ恋人か……」

真木子の家の二階にある空き部屋を自室として与えられ、食事を済ませた優人はそこで一休みしていた。

自室と言っても当然家具などはなく、剝き出しの畳に布団だけが置かれた部屋は、なんだか民宿にでも泊まりに来たような気分だ。

畳の上に横になった優人は蛍光灯を見上げて、一人呟《つぶや》いた。

「みんな明るくしているけど、いろいろあるんだな」

死んだ恋人というのは、昼間、優しくしてくれた奈々海に関することだ。

奈々海が地元の人間ではないと感じた優人は、帰り際、東野さんにそれとなく聞いてみると、やはり彼女は東京の人間で、こちらに住む婚約者と一緒になるべく引っ越してきたのだそうだ。

「その次の日だなんて悲しすぎるよな」

婚約者とは船の事故で亡くなった真木子の弟で、なんと彼女がS海岸に引っ越してきた翌朝の漁に出たときに大波に巻き込まれたというのだ。

以来、奈々海は東京には戻らず、真木子の仕事を手伝いながらここで暮らしていると、東野さんは教えてくれた。

『忘れられないんだろうね……一番、幸せの絶頂のときに死んじゃったんだもの』

東野さんも悲しげにため息を吐いて話してくれた。

(真木子さんといい、奈々海さんといい……幸せになれるといいな)

これ以上、彼女たちに不幸なことが起きないように祈るしか、優人には出来なかった。

「おーい優人、風呂が空《あ》いたからお前も入れよ」

部屋と廊下の間にある襖《ふすま》がいきなり開いて、真木子が濡れた髪を拭《ふ》きながら現れた。

「ちょっと、ノックもなしなの」

一人になっていて油断していたせいか、Tシャツにトランクスだけの格好だった優人は慌てて身体を起こした。

「なに女の子みたいなこと言ってんだよ、男のくせに」

長い髪をバスタオルでガシガシと拭きながら、真木子は言う。

「うっ」

風呂上がりの真木子は真っ白なTシャツにブルーのショートパンツしか身につけて

いないため、むっちりと艶《なま》めかしい二本の両脚がすべて晒《さら》されている。

そして、Tシャツの下には下着をつけていないのか、薄い生地越しに二つのボッチがくっきりと浮かんでいた。

（マジかよ……すごい迫力）

かなりの量感のある二つの肉塊が、彼女が頭を拭いて腕を動かすたびにユサユサと悩ましげに揺れ、二つの突起もつられて動き回っている。

「お、なんだお前、私の胸をじっと見て」

優人の視線に気がついたのか、真木子は笑いながら、部屋に入って来た。

「昼間、奈々海のおっぱいに見とれてただろ、お前」

畳の上に座る優人を覗き込むようにして、真木子は言う。

前屈みになっているので、ブラジャーを着《つ》けていない柔らかそうな巨乳が胸元から覗いた。

「み、見てなんかないよ」

真っ白な二つの山を見ていると、たまらなく下半身が熱くなる。

まさか母の友人に欲情するわけにはいかないと、優人は慌てて視線を外した。

「クソガキだったくせにいっちょまえになりやがって、コノー」

真木子は優人の前にしゃがみ、トランクスの股間に手を伸ばしてきた。

「ちょ、ちょっとやめてくれよ」

女の子のように身体をよじらせて、優人は逃げようとする。

たわわな乳房を見ないようにした優人だったが、肉棒はすでに反応していて、固くなっている。

子供の頃の自分を知る真木子に勃起《ぼっき》を悟られるのは、特別に恥ずかしかった。

「何照れてるんだよ」

しかし、真木子はお構いなしにトランクスの上から肉棒を鷲摑みにしてきた。

「おっ」

布越しに、固くなった逸物《いちもつ》を摑んだ瞬間、真木子の動きが止まった。

「でかいな……お前……」

肉棒を触られるのを嫌がったのは恥ずかしいという理由だけではなかった。

優人の逸物は、友人たちよりもかなりサイズが大きく、風呂などに一緒に入ると、中学生の頃まではよく馬鹿にされ、大人になってからは感心されることが多かった。

その事が真木子に知られるのが嫌だったのだ。

「頼りない身体してるくせに、ここだけマッチョなんだな」

真木子は目を丸くしながらも、手を動かして肉棒を弄《もてあそ》ぶ。

「だ、だめだって、真木子さん、うっ」

嫌がってはいるものの、真木子の指の動きは巧みで、肉棒はさらに大きく固く屹立《きつりつ》していった。

「なあ、優人、お前って童貞か？」

真木子は優人の顔を覗き込んで聞いてきた。

「え、そんなの、なんの関係があるの」

「いいから、言えっ」

とても女とは思えない強い握力で、真木子は怒張を握りしめてくる。

「痛い！　あるよ、三人としたよ、いてええっ」

固くなった逸物をひねられる激痛に、優人は言わなくてもいい経験人数まで叫んでしまった。

「じゃあ、大丈夫だな」

真木子は勝手に納得すると、優人の股間から手を離し、着ているTシャツを豪快に脱ぎ捨てる。

「うっ」

ブラジャーを身につけていない裸の上半身が露わになり、目の前で二つの乳房が波を打って揺れている。

（すごい迫力……）

もう照れることも忘れ、優人はタプタプと上下に弾《はず》む柔乳《やわちち》に見とれていた。

年齢を重ねているというのに、真木子の肉体は引き締まっていて、肌にも張りがある。

大きな乳房も重力に逆らうように丸い形を保っていて、乳輪はピンク色とまではいかないものの色素が薄く、突起部も小粒だ。

「ちょっと見せてもらうよ」

ショートパンツだけの格好になった身体を屈め、真木子は優人のトランクスを強引に引っ張った。

「ま、待ってよ、なにが大丈夫なんだよ」

抵抗するがトランクスはあっさりと引き下ろされ、優人は真木子とは逆に下半身だけ裸になる。

日焼けしていない細い脚の真ん中で、太く長い逸物が堂々と反《そ》り返っていた。

「お前の童貞を奪ったなんて言ったら姉さんに申し訳が立たないだろ」

ショートパンツも脱いでパンティ一枚の格好になって、真木子は優人に身体を寄せてきた。

ヒップの方も乳房に負けずに豊満で、ムッチリとした尻肉に白いパンティが食い込む姿がなんとも悩ましい。

「母さんに、なんの関係が、う、くうう」

優人が言い終わらないうちに、真木子は腰を大きく曲げ、肉棒に顔を埋めてきた。有無を言わせず、亀頭に舌を這《は》わし、柔らかい唇で包み込んでくる。

「くう、うう、真木子さん……だめだよ、ううう」

幼い頃から家族のような付き合いのあった真木子にフェラチオをされていることに、優人はとんでもない背徳を感じる。

「ううう、だめだって、くううう」

しかし、ねっとりと絡みつかせるように真木子の舌が亀頭のエラを這い回ると、腰が震え、身体どころか声にまで力が入らなくなる。

「こんなに大きく成長してくれて嬉しいよ、んん」

真木子はいったん顔を上げて言うと、今度は口内深くに肉棒を飲み込んでいく。

「何を訳のわからないことを……くううう」

唾液《だえき》に濡れた粘膜が優しく亀頭を包み、優人はなすすべもなく喘《あえ》いでしまった。

「ん、んん、んふ」

さらに頭を大きく動かし、亀頭全体を激しく擦り上げてくる。

「ううう、真木子さん、それすごい、ううう」

もう優人は抵抗する気力もなくなり、だらしなく開かれた両脚をくねらせながら、間の抜けた声を出すばかりになっていた。

「あふ、んく、んんん」

真木子はさらに舌のざらついた部分を優人の裏筋に押し当てながら、頭を振り立てる。

「うく、それだめ、ううっ、ううう」

亀頭周辺の男の性感帯すべてを同時に責められ、優人はただ喘ぎ続ける。

肉棒の根元はビクビクと脈打ち、先端からカウパーが溢れ出していくのがわかった。

「んんっ、んん、んふ……んん」

押し当てられた舌にもカウパー液が流れ出ているはずなのだが、真木子はお構いなしにフェラチオを続けている。

「んん……んく……んん」

しかも、頭を振るリズムに緩急をつけ、時には頬をすぼめて奥へと吸い込みながら、しゃぶり上げてくるのだ。

「ああ、真木子さん、くうう、ううう」

自分と年が近かった今までの恋人たちでは味わえなかった、熟した女のテクニックに優人はただ翻弄《ほんろう》されるばかりだ。

(うう、こんなの続けられたら、すぐに出ちゃうよ)

もう下半身全体が痺れきった優人は畳に尻餅をついたまま、限界をむかえようとしていた。

(このままやられっぱなしも情けないよな……)

背徳感に逃げようかとも考えていた優人だったが、男として女性にしてもらってばかりではいけないと思った。

もう開き直る気持ちになった優人は畳についていた両手で真木子の乳房を揉み始めた。

「んん、くふ、んん……」

乳房に手が触れると、真木子は一瞬だけ驚いた顔を見せたが、そのままフェラチオを続けている。

優人はさらに両手を大きく使い、二つの肉房をこね回すように揉む。

「すごく柔らかいおっぱいだよ、真木子さん」

海辺育ちなのに真っ白な肌は、揉んでいると吸いつくような艶《つや》やかさがあり、若い女では味わえない心地よい感触だ。

優人は夢中で指を動かし、手のひらで慈《いつく》しみながら揉み続ける。

「ん、んん、んん、んく」

下を向いていることでさらに大きさを増したように見える乳房がぐにゃりと形を変えると、肉棒を咥《くわ》えたままの真木子の鼻から息が漏れた。

「おっぱい感じやすいの？　真木子さん、じゃあここはどう？」

今度は指先を使い、双乳《そうにゅう》の先端にある乳頭部を両方同時につまみ上げた。

「く、んん、そこは、だめだ、あく」

真木子は驚いて肉棒を吐き出すと、こらえきれないように声を上げた。

「感じやすいんだね、乳首……」

優人は親指と人差し指で挟むようにしながら、真木子の乳首を弄ぶ。

「あ、ああっ、やめ、そこ、弱いんだ、ああん」

身体を起こした真木子は、膝立ちになって巨大な柔乳を波打たせて背中をのけぞらせる。

乳首を優人の指が固定しているため、弾むことの出来ない柔乳がいびつに形を変えて伸びる。

「あ、ひああ、強い、ああん、ああっ」

乳房が弾もうとする力を摘《つま》まれた乳頭部で受けることになった真木子は、強い快感に苛《さいな》まれたのか、パンティだけの下半身を震わせて喘いでいる。

「真木子さんも、感じたら、こんなかわいい声で喘ぐんだね」

いつもの男っぽい様子からは想像も出来ない、真木子の甲高《かんだか》い声に優人は感動していた。

「わ、私だって、女なんだから……声くらい、くう、ああん、ああ」

真木子は恥ずかしそうに頬を染め、切ない目で優人を見つめながら、身体をよじらせていた。

(か、かわいい……)

普段が普段だけに、今の真木子の女らしい姿が優人はたまらなく愛《いと》おしく思えた。

「真木子さん、もっと感じてよ」

優人も身体を起こすと真木子の腰を抱える。

「きゃっ」

そして、パンティだけの真木子の身体を畳に押し倒し、自分は上から覆い被《かぶ》さった。

「全部見せてもらうよ」

少々乱暴な行為にも思えたが、真木子はされるがままに、畳の上に仰向《あおむ》けで身体を横たえている。

優人はそのまま最後の一枚であるパンティを摑んで、一気に引き下ろした。

「真木子さんのオマ×コ、見えてるよ」

パンティを足先から抜き取り、乳房同様に真っ白な両脚を割り開いて、優人は言った。

「お、お前が脱がせたんだろ……そんなに見るなよ……」

また頬を赤くして真木子が言う。

照れる姿は優人をさらに興奮させていった。

「綺麗なオマ×コだよね」

ほんのりとピンクに染まった内腿《うちもも》の間に身体を入れ、優人は鼻が付きそうなほど秘裂に顔を寄せて、花びらを指で開いた。

目の前で小ぶりな花弁が左右に割れ、奥から肉厚の媚肉が現れた。

「だ、だめ、近いよ、こら」

口ではそう言っていても真木子は激しく抵抗しない。

「もう濡れてるよ……すごくいやらしい」

花びらの奥でヌラヌラと輝きながら媚肉が脈動を繰り返している。

優人は、その上から顔を出している小指の先ほどの突起に舌を這わせていった。

「ん、あっ、そんなところを舌で、ああん」

ざらついた舌で丁寧《ていねい》にクリトリスを舐め回すと、真木子は切なげに腰をくねらせる。

熟した肉の乗った太腿が悩ましく動き、仰向けになっているため、少し横に流れている巨乳がフルフルと波を打った。

「何言ってんの、真木子さんだってさっきたくさん舐めてくれたじゃん」

優人は真木子の反応を見ながら、舌を大きく横に動かして肉芽を転がす。

「くうう、ああっ、男と女は違うだろ、あっ、ああん」

口調は男っぽいが、湧《わ》き上がる喘ぎは控えめで、少女の声のようだ。

「違わないさ」

グラマラスな身体をよじらせて、よがり続ける真木子に、優人はさらに気分が乗ってきた。

「もっと、いい声を聞かせてよ」

舌先に気持ちを込め、優人はこれでもかと肉の突起を責め続ける。

「ああっ、だめ、ああん、ああっ」

肉付きのよい腰を浮き上がらせ、真木子は畳の上で身を躍らせる。

上体の上で乳房が弾《はじ》け、開いたままの媚肉から大量の愛液が溢れ出て糸を引いていた。

「あ、ああっ、やめろ、ああん、でも声が、ああん、止まんない」

自分が責められることにはあまり馴れていないのか、真木子はやけに狼狽《うろた》えながら、喘ぎ続けている。

「ひ、ひああん、もう、ああん、だめになる、ああ」

そして、両脚がヒクヒクと震えだし、真木子の声も切羽詰まった響きに変わった。

「真木子さん、このままがいい？　それともコイツで」

ずっと舐めていた舌の動きを止めて身体を起こした優人は、ちらりと自分の股間を見た。

「はあはあ、聞くなよ……そんなこと……」

頬を真っ赤にした真木子は少し厚めのセクシーな唇を半開きにして言う。

悔しそうに言ってはいるが、潤んだ瞳が大きく反り返る逸物に向けられていることを、優人は見逃さなかった。

「こっちがいいみたいだね、真木子さん」

さんざん喘がせたことでペースを握った優人はにやりと笑って言う。

「スケベになったなお前、まったく姉さんはどんな教育したんだ」

自分よりも遥かに年下の青年に翻弄されているのが恥ずかしいのか、目を手のひらで隠して唇を尖らせている。

「いつまでも子供じゃないって事だよ」

若い頃の真木子に砂浜で遊んでもらった記憶が蘇る。

今こうして、熟した彼女の肉体を貫こうとしていることが信じられない思いだ。

(でもこんなエッチな身体を目の前にして我慢なんて出来ないよ)

引き締まったラインを持ちながらも、ねっとりと肉が乗り、男心をかき立てる乳房やヒップは大きくて柔らかそうだ。

扇情的な真木子の肉体に吸い寄せられるように優人は、白い両脚を抱え上げた。

「あ、ああん、大きい、くうう」

亀頭の先端が真木子の入口を捉《とら》えると、グラマラスな身体が畳の上で反り返った。

汗の浮かんだ白い肌を波打たせながら、たわわな乳房が弾ける。

「ああ、真木子さんの中、熱くてドロドロしてる」

愛液に濡れそぼる肉壺はすでに溶けきっていて、媚肉《びにく》がねっとりと亀頭に絡みついてきた。

「くうう、いちいち、そんなこと言わなくてもいい、ああっ」

怒張が進むたびに真木子は背中をのけぞらせながら喘ぎ続ける。

「でも、ううっ、すごく気持ちいいんだよ、くう」

肉棒が甘い締めつけを受けるたびに、たまらない快感が腰骨を震わせ、優人も押さえきれずに声を出してしまう。

本能の命じるままに、優人は猛り狂う怒張を押し進めていくのだった。

「あ、ああん、中がいっぱいに、くううん」

快感に翻弄されているのは真木子も同じようで、大きな瞳は妖しく潤んで垂れ下がり、セクシーな唇は開きっぱなしだ。

白い肌は朱《しゅ》に染まり、身体をくねらせるたびに波打つ巨乳の先端は、固く天を突いていた。

「もう全部入るよ、真木子さん」

ヌルヌルとした粘膜の絡みつきに夢見心地になりながら、優人は最奥に亀頭を突き立てた。

「ひっ、奥に、くうう、ああん、ああっ」

鉄のように固い亀頭が子宮口を抉《えぐ》ると、真木子はもう身体が跳ね上がるほどのけぞり、悲鳴のような声を上げた。

「あ、ああん、すごい、こんなに大きいの……ああっ、知らないよ、ああん」

怒張のすべてを媚肉で受け止め、真木子は切ない目を向けた。

「ああ、僕もこんなにエッチなオマ×コは初めてだよ、ううっ、気持ちいい」

もう本能のおもむくがままに優人は腰を使い出す。

真木子の膣内は奥がやけに狭くて、媚肉が亀頭を絞り上げるような動きを見せている。

「気持ちいいよ、うう、真木子さんの中、最高だよ」

今までの恋人たちでは感じたことのない、熟し切った媚肉の絡みつきに、優人はすぐにでもイッてしまいそうだ。

揉めば指が埋まるほど柔らかい乳房、吸いつくような感触の白い肌、年齢を重ねた女性だけが持つ魅力に優人は興奮しっぱなしだ。

「ああん、ああっ、激しい、くうう、ああん」

覆い被さったまま夢中で腰を振り続ける優人の下で、真木子は呼吸も苦しそうに喘いでいた。

「大丈夫？　真木子さん」

あまりに強くピストンしすぎたのかと、優人は腰を動かすのをやめた。

以前の恋人たちとのセックスの時に、優人の逸物が大きすぎて痛がられた経験があった。

「あ、はあ、大丈夫だよ、優人、好きなだけ突きなよ」

息を荒くしながらも真木子は笑みを浮かべ、下から優人の頬を撫でてきた。

「ありがとう、真木子さん……」

すべてを受け入れてくれる真木子に優人は心まで溶け落ちる思いだ。

「遠慮なしにいくよ、真木子さん」

優人はもう快感に身を任せ、腰を激しく振り立てる。

ピストンを繰り返すたびに、濡れた粘膜が亀頭のエラや裏筋にこれでもかと絡みついてきた。

「ひああ、ああん、すごい、ああっ、奥に食い込んでる、ああん」

優人を受け入れながら真木子も激しく喘ぎ出す。

大きく口を開いたピンクの媚肉に野太い怒張が出入りを繰り返し、掻《か》き出された愛液が、下の畳にまで滴《したた》り落ちていった。

「ああん、優人、私、ああん、おかしくなるよ、ああん」

白い首筋をのけぞらせ、真木子は叫ぶ。

だらしなく開かれた両脚が、空中で何度も引きつり、彼女が女の極みに向かっていることをあらわしているように思えた。

「うう、僕ももうイキそうだよ、ううう、真木子さんも？」

腰を砕くような快感に言葉を詰まらせながら、優人はさらにピストンのピッチを上げる。

「そうだよ、くうん、ああっ、私ももうイキそう、ああん、優人、外に、ああ」

蕩《とろ》けきった瞳を向けて真木子は喘ぎ続ける。

今日の事は優人にとっても、そして真木子にとっても予定外なのだから、避妊具すらつけていない。

「う、うん、わかった、じゃあイクよ、真木子さん、おおお」

首を大きく縦に振ってから、優人は精一杯の力で腰を振り立てる。

「あ、ああっ、くうん、奥が壊れそう、ああん、気持ちいい、ああ」

初めて自ら快感を口にして真木子は背中をのけぞらせる。

上体が暴れるたび、柔らかく巨大な双乳がまるで別々の生き物のように踊り狂った。

「くうう、もうだめ、イク、イッちゃううう、ああん」

畳に横たわる汗ばんだ身体がガクガクと震え出す。

優人の腰の前で大きく開いた内腿が引きつけでも起こしたかのように痙攣《けいれん》した。

「イッてよ、俺ももうだめだ、くううう」

さらにきつくなった締めつけに喘ぎながら、優人は奥に叩きつけるように怒張を突き立てた。

「イクうううううう」

子宮口が歪《ゆが》むほど亀頭が最奥に食い込むのと同時に、激しく絶叫しながら真木子は上りつめていく。

畳の上に爪を立てながら、上半身をこれでもかと弓なりにして、大きく唇を割っている。

「ううう、僕もイクっ」

女の極みに震える真木子を見ながら、優人も限界をむかえる。

エクスタシーに収縮する媚肉から肉棒を抜くのは名残惜しいが、もう根元が締めつけられて精が溢れそうだ。

「う、出るっ、くうううう」

どうにか怒張を引き抜くと同時に、真っ白な粘液が真木子の身体に向かって発射された。

「うっ、ううう」

怒張の先端から何度も白い液体が飛び出し、真木子の肉感的な腰回りにまとわりついていく。

「あ、ああ……」

エクスタシーの余韻に胸を波打たせながら、真木子はじっと精を受け続けていた。

(うわあ、母さんの後輩とやっちゃったよ)

射精を終えた優人の心に襲いかかってきたのは激しい後悔だった。

いくら迫られたとはいえ、自分の親の友人とセックスをしてしまったのだ。

「いやー、仕事ぶりをみて情けない奴だと思ったけど、こっちはすごいな」

落ち込む優人とは逆に、真木子の方はやけにすっきりしたような顔をしている。

エクスタシーの直後はぐったりと虚《うつ》ろな目をしていた真木子だったが、今は巨乳や濃いめの陰毛も丸出しにしたまま畳に座り、身体に付いた精液を拭《ぬぐ》っている。

「年上の女をこんなに感じさせるなんて、たいしたもんだよ」

同じように全裸で畳に座り込んで下を向く、優人の肩に手を置いて、真木子は豪快に笑った。

「夏の間中、ここにいるんだからまたしような、優人」

意味ありげに笑いながら、真木子は後ろから囁《ささや》いてくる。

「えっ、馬鹿なこと言わないでよ、母さんの後輩ともうこんなこと出来ない……」

アルバイトに行ってる間中、真木子とセックス三昧《ざんまい》だっただなんて、あの気の強い母にばれたら何をされるかわからない。

「女に恥かかせるんじゃねえよ、そういうときは、はいだろっ」

真木子は不満げに言うと、優人の背中に強烈な平手打ちを振り下ろした。

「痛《い》てえ、は、はい、わかったよ、ひいい」

パチーンという乾いた音とともに、剝き出しの背中に灼《や》けるような痛みが走り、優人は裸で畳の上をのたうち回った。

第二章　堤防にいた女

「今はサーファーの時間だな」

早朝、海の家の開店準備をしながら、優人は呟いた。

まだ日差しも大人しい朝は、海水浴客は少なく、かわりにサーファーがボードで波の上を滑っている。

S海岸は潮の関係で、早朝の波が高く、サーフィンを楽しむ若者が多いらしい。

「俺は今日も仕事、と……」

自分と同い年くらいのサーファーたちを横目で見ながら、優人は準備を進めていく。

働き始めて一週間ほどが経《た》ち、仕事も順調に覚えてきた。

「でも今日も暑くなりそうだ……」

しかし、灼熱の日差しとうだるような暑さにだけは、一向に慣れない。

「お兄ちゃんっ」

食材などのケースを海の家の中に入れて、砂浜に出て来ると、いきなり腰に誰かがタックルしてきた。

「うわわっ」

完全に不意を突かれた優人は、そのまま前のめりに砂浜に転倒した。

「なにすんだ、誰だっ」

砂まみれになった顔で後ろを振り返ると、腰の上に小柄な少女が馬乗りになっていた。

「へっ、誰……？」

ここでバイトしているとメールした大学の同級生たちがやって来たのかと思ったが、見覚えのない女の子で、優人は目を丸くする。

ショートボブの髪によく日焼けした肌、大きくてくりくりとした瞳の顔立ちは、なかなかの美少女だ。

「ひどい……私のこと忘れちゃったんだ、お兄ちゃんは……」

ちょっと薄めのピンクの唇が震え、澄んだ瞳にたちまち涙が浮かんでくる。

「そ、そんなこと言われても、あ……」

その少女の顔に昔の思い出が重なり、優人は慌てて俯《うつぶ》せだった身体を半回転させて、上を向いた。

「雛美《ひなみ》、雛美か」

少し大人になった感じはするが、大きな目と小麦色の肌は昔と変わっていない。

雛美は真木子の兄の子供で、昔、優人がS海岸に遊びに来たときには、お兄ちゃん、お兄ちゃんと言って、よく甘えてきた。

「やっと気づいてくれたね。久しぶり、お兄ちゃん」

ショートパンツにタンクトップ姿の雛美は優人に跨がったまま、ようやく笑顔を見せる。

「私も今日から大学が休みで、一緒にアルバイトするんだ」

確か優人よりも四つほど年下だったから、雛美は十八か十九歳のはずだ。

(背は伸びてないけど、その分、他が成長しすぎだろ……)

身体は小柄で子供のようだが、タンクトップの下の乳房は充分過ぎるほど膨らみがあり、腰回りも女らしさを感じさせる。

「よろしくね、お兄ちゃんっ」

成長したのは身体だけで、中身は昔の無邪気な頃のままなのか、雛美は優人に覆い被さるようにして抱きついてきた。

「うわ、馬鹿、人が見てるだろ」

波打ち際にはサーファーたちもいて、みんな何事かと覗いている。

そして、何より、自分の胸に押しつけられた柔らかいバストの感触に優人は狼狽えていた。

「いいもん、誰に見られても。久しぶりなんだから」

雛美は顔を優人の肩に擦りつけるようにして甘えてくる。

子供の頃の雛美はとにかく甘えん坊で、よくこうして優人にじゃれついてきた。

「お前ら、朝っぱらから何やってんだ」

ドスの利《き》いた声に顔を上げると、すぐそばに棒付きアメを咥えた真木子が怒り顔で仁王立ちしていた。

「優人、それと雛美も、もう仕事は始まってんだぞ、怠《なま》け者に払う給料はうちにはねえぞ、こらっ」

真木子はサンダルを履いた脚で優人の太腿を蹴り上げてきた。

「はいっ、わかってます」

優人と雛美は慌てて立ち上がって、仕事に戻る。

海の方をちらりと見ると、サーファーたちがクスクスと笑っていた。

「水泳部かー、どうりで日焼けしてるはずだ」

真っ赤な夕日に染まる海岸沿いの道を歩きながら、優人は一人呟いた。

もう何年もS海岸に来ていなかったから知らなかったが、雛美は中学から水泳選手として活躍し、今の大学も推薦で入ったそうだ。

ただ別にオリンピックを目指しているというような選手ではなく、楽しく大学生活を送りながら、体育の教員を目指しているそうだ。

「まあ、明るい性格だから向いてるんだろうな」

高校の頃から夏休みはいつも真木子の手伝いをしているらしく、今日も明るく海の家の接客をこなしていた。

「それにしても、なんだよ、あの身体は……実りすぎだろ」

朝と同じタンクトップにショートパンツの上からエプロンだけを着け、元気に駆け回る美少女に、男性客たちは鼻の下を伸ばしていた。

少し子供っぽい顔立ちに反比例するように盛り上がった乳房や、ショートパンツの下でムチムチとくねる引き締まったヒップは、爽《さわ》やかな色香を振りまいていた。

「やべ、固くなってきた」

小柄な雛美の身体が跳ねるたびに、ワンテンポ遅れて弾む乳房を思い出すと、肉棒が自然と固くなり、優人は思わず前屈みになった。

「何考えてんだ俺は……これじゃアニマルじゃねえか」

母の後輩とセックスしただけでなく、その姪《めい》にまで欲情している自分の息子が優人は情けなかった。

「あれ？」

海風にでも当たって頭を冷やして帰ろうかと思ったとき、海岸から一直線に伸びる突堤の先端に人影が見えた。

「奈々海さん？」

コンクリート製の突堤は長さが五十メートルほどしかないため、道路からでも人影が奈々海であることがすぐにわかった。

「どうして、あんなところに」

奈々海はじっと海を見つめて立ち、オレンジ色の夕日に照らされた顔は美しいがどこか哀しげに見えた。

「まさか……」

じっと海面を見つめる奈々海がこのまま、朱に輝く海に身を投じてしまうように優人は感じた。

「だめだ、奈々海さんっ」

優人は全速力で走り、堤防を乗り越えて突堤に飛び降りる。

(早まっちゃだめだ……)

海で死んだ恋人の後を追おうとしている奈々海の背中に向かって、懸命に優人は駆けた。

(奈々海さん、自殺なんかしちゃだめだ)

最近、運動不足だったから息が上がって声も出ない。

それでも優人は必死に走り続ける。

(間に合えっ)

あと二メートルほどの距離まで近づいた瞬間、優人は奈々海にしがみつこうとジャンプした。

次の瞬間、奈々海はなぜか、その場にしゃがみ込んだ。

「あれっ」

抱きつこうとした腕が空振りになり、優人は前のめりにジャンプしたまま、自分で自分を抱きしめる、変なポーズになった。

そして、何かを感じて下を見ると、足元にはオレンジに染まる美しい海があった。

「ああああ」

今まで出したことがないような間抜けな声を上げながら、優人は落下していく。

「優人くんっ」

海面に落ちる寸前、奈々海が自分を呼ぶ声が聞こえた。

「ぶはっ」

一瞬、身体が暗い海に沈む。

人並みには泳げる優人は水をかいて、水面に顔を出した。

「痛っ」

ようやく空気が吸えたと思ったとき、右脚のふくらはぎに強い痛みが走った。

「痛てて、痙《つ》った」

ふくらはぎがビクビクと引き痙《つ》り、水の中でうまくバランスが保てない。

「うぷ、んぐ」

完全にパニック状態になった優人は、自分の身体が沈んでいくのを止めることが出来なくなる。

「優人くん！」

頭が海に飲み込まれると思ったとき、突堤の先から、奈々海が飛び込んできた。

「優人くん落ち着いて、顔を水から出して」

いったん海に潜ってから、奈々海は優人を背後から支え、首に腕を回して水面から顔を引き上げさせた。

「しがみついちゃだめよ、落ち着いて、力を抜いたら片脚でも泳げるから」

耳元に聞こえる奈々海の声は不思議と落ち着いていて、パニックになっていた心も穏やかになってくる。

「はい……」

首に回された奈々海の白い手を握り、優人は身体の力を抜いて彼女に身を任せる。

相変わらず右脚は痛いが、脱力すると身体は海面に浮かんだ。

「そうよ、そのままゆっくり前に泳いで」

奈々海は優人の身体を引っ張りながら、突堤に造られた階段のところに向かう。

「すいません……」

自分の情けなさに泣きそうになりながら、優人はゆっくりと進んでいった。

「あはは、自殺するのを止めようとして自分がお陀仏《だぶつ》になりかけるなんて、馬鹿にも程があるな」

つま先から頭のてっぺんまでずぶ濡れになって真木子の家に戻ると、腹を抱えて大笑いされた。

「うるさいなあ、これ以上傷を抉らないでくれよ」

シャワーを浴び、ハーフパンツとTシャツに着替えた優人は、居間に座ってふてくされていた。

あれだけ痛かった右脚のふくらはぎも嘘のようになんともない。

「ははは、しかし、間抜けな話だな、あはは」

いつもと同じようにTシャツにショートパンツ姿の真木子は、大きく突き出た巨乳を揺らしてまだ爆笑している。

奈々海は自殺などしようとしていたのではなく、死んだ恋人、つまりは真木子の弟の月命日《つきめいにち》には防波堤の上に来て、海に向かって手を合わせているらしい。

優人がしがみつこうとしたときに奈々海がしゃがんだのは、たまたま海に流す花を取ろうとしたらしかった。

「私も見たかったなあ、その場面、コントかよ」

絶妙のタイミングで空振りして海に落ちた優人はまさに道化だ。

「本気で落ち込んでるんだから、やめてくれよ」

真木子の笑い声を聞いていると、さらに気持ちが沈んでくる。

自殺を止めようとして優人が走ってきたと聞いた奈々海は、

『ごめんね……私が暗い顔してたからね……』

と命を助けてくれたにもかかわらず、本気で詫びを言われた。

(ああ……もうなにもかも嫌だ……)

美しい奈々海の前で恥をかいただけでなく、彼女をさらに哀しい気持ちにさせてしまったことに優人は立ち直れない思いだった。

「ごめんごめん、笑いすぎだな」

がっくりと頭を垂れている優人を、真木子は笑いすぎて出てきた涙を拭いながらなぐさめた。

「でも優人、くれぐれも素人《しろうと》が海のそばで何かしようなんて思うなよ。今日のことでわかっただろ」

一転、真木子は厳しい顔で言う。

彼女は海の事故で弟を亡くしているのだから当然だ。

「お前に何かあったら、姉さんに申し訳ありませんじゃすまないんだからな」

奈々海が溺《おぼ》れる優人をうまく助けることが出来たのは、真木子の方針で海の家のスタッフは皆、救助のための講習を受けていたからだった。溺れる優人に奈々海が後ろから近づいたのは、しがみつかれたりすると救助者も溺れてしまう可能性があるかららしかった。

「わかってるよ……」

奈々海に迷惑をかけただけでなく、つらい思いまでさせてしまったことに、優人は反省しきりだった。

「まあ、自殺しようとする女を見て体張って止めようとしたお前の気持ちは嫌いじゃないけどな」

真木子は優しく笑うと優人のそばに四つん這いでにじり寄ってきた。

「な、なにをっ」

四つん這いの真木子の手が自分の股間に近寄るのに気がついて、優人は身構えた。

「何って、いいことだよ」

意味ありげな笑みを浮かべ、真木子は優人のハーフパンツを引き下げた。

「だめだって、何考えてんだよ、うっ」

母の後輩とこれ以上、淫らなことは出来ないと優人は腰を引こうとするが、真木子の唇が一瞬早く亀頭を捉えた。

「はうっ、ううう」

真木子は優人に考える余裕も与えないつもりか、力強く舌をエラや裏筋に這わせてくる。

(こんなんじゃ、この前と同じだ……でも)

快感に押し流されて、行為に及んでいては前回のときと同じだと、優人は真木子のフェラから逃げ出そうとする。

年上の女の勘《かん》で真木子はそれを察したのか、強く逸物を吸い上げてきた。

「う、ううっ、それだめだよ、真木子さん……くうう」

唇を裏筋に押しつけるようにして強く吸い込まれ、強い快感が腰骨まで突き抜けていく。

「逃げようたって、そうはいかないよ」

真木子はにやりと笑い、今度は舌で激しく亀頭の先端にある尿道口を責めてくる。

「ううっ、ほんとにだめだって、くうう、ううっ」

濡れた舌が敏感なポイントの集中する亀頭を這い回るたびに、たまらない快感に腰が震え、下半身に力が入らなくなる。

「ううう、真木子さん、ううっ」

もう優人はされるがままに、間の抜けた声で喘ぐばかりになる。

「もっと感じていいんだぞ、優人」

真木子はたっぷりと唾液を含ませ、軽く焦《じ》らすように唇をエラの辺りに擦りつけてきた。

「おおっ、くうううう」

むず痒いような感覚にとらわれた優人は思わず腰を浮かせて、真木子の唇を追い求めてしまう。

真木子の思うように肉棒は翻弄され、亀頭の先端からは薄い白色のカウパー液が溢れ出してきた。

「お、いっぱい出てきたな」

次から次へとカウパーが溢れ出す尿道口に真木子は、ぽってりとセクシーな唇を押しつけると、思いっきり吸い込んできた。

「はううう、はあああ」

自分でも信じられないような奇声を上げて、優人は畳にへたり込んだ状態の身体を震わせる。

ストローで吸い込む要領で尿道から無理矢理にカウパー液を吸い出される快感は、筆舌に尽くしがたいものがあった。

「ふふ、すごい顔になってるぞ、優人」

ニヤニヤと笑いながら真木子は再び舌での愛撫を始める。

舌を激しく横に動かし、亀頭の裏筋をこれでもかと責めてきた。

「あう、もう出ちゃうよ、くううう」

真木子は感じているときのMっぽい雰囲気とは逆に、フェラチオをしているときは男の性感を巧みに責めてくる。

唾液や、自らの出したカウパーがローション代わりになり、激しく責められても快感だけが突き抜けていく。

「もうだめだ、くううう」

優人は声を震わせながら、自ら腰を浮かせた。

「まだイクには早いぞ、優人」

肉棒の根元が締めつけられて絶頂に達する寸前、真木子は舌を離して白い歯を見せた。

「気持ちよさげな顔しやがって」

真木子はチュッチュッと音を立てて、亀頭や竿にキスの雨を降らせて言う。

「今度はそのままイッてもいいからな」

ぽってりとした厚めの唇を大きく開き、真木子は優人の巨根を口内に飲み込んでいく。

「ううう、そのままって、そんな、ううううう」

口内射精をしてもいいという意味なのだろうが、いくらなんでもと優人は思う。

「んん、んふ、んんん」

しかし、真木子は優人の言葉などお構いなしに、口内の粘膜を擦りつけるようにしてしゃぶり上げてきた。

「くうう、うううっ、ああっ、真木子さん」

発射寸前にまで追い上げられていた逸物は、ねっとりとした粘膜がエラや裏筋に絡みつくたびに、ビクビクと根元を脈打たせて歓喜する。

「もうほんとに出ちゃうよ、ううっ、いいの？」

畳に座ってだらしなく両脚を開いたまま、優人は情けない口調で言う。

すでに甘い痺れが下半身全体を支配し、膝にも力が入らなかった。

「んん、んふ、んん、ん」

肉棒を咥えたまま、真木子は一度だけ頷く。

そして、髪が乱れるほど激しく頭を振り、頬をすぼめて肉棒を吸い込んできた。

「ううう、それは、くううう、もうだめだ、イクよっ、ううう」

もう口の中で出すことを躊躇《ためら》う余裕すらなく、優人は腰を震わせて極みに向かう。

「んん、んん、んふ」

怒張が限界を告げる脈動をはじめても、真木子は身体を折ったまま、さらに優人の股間に深く顔を埋めてくる。

「くお、おおお、イクぅ」

さらに深く肉棒が真木子の喉奥に沈み、凄まじい快感が突き抜けた。

「で、出る、ううううう」

叫びと同時に根元が締めつけられ、熱い精液が尿道を駆け上る。

「うっ、くううう、真木子さん、あうっ、ううう」

真木子の口の中に熱い精液が放たれる。

「んんん、んん、んん」

一瞬だけ眉をしかめた真木子だったが、肉棒を奥まで飲み込んだまま精液を受け入れていく。

「んん……ん……」

ねっとりとした精液が何度も放たれ、そのたびに真木子は喉を鳴らしながら、すべてを飲み干していった。

「ああ……真木子さん……ううう」

初めて女性の口内で射精する優人は、柔らかい粘膜に包まれる心地よさに無上の悦《よろこ》びを感じていた。

「あ……あふ……」

そして、ずいぶんと長く続いた射精が終わると、真木子はゆっくりと怒張から唇を離した。

「いっぱい出したな……優人……」

顔を上げて真木子は微笑む。

濡れた唇の横から、飲みきれなかった白い精液が糸を引いて流れ落ちた。

「真木子さん……」

いつになく優しげな表情を見せた真木子と、その顎を流れる精液の淫靡《いんび》さが優人の心を激しく揺さぶった。

「真木子さん、僕っ」

優人はいきなり身体を起こすと、驚いて顔を上げた真木子に抱きついた。

「ちょっ、どうしたんだよ、優人」

驚いて身体をねじった真木子の背中にしがみつき、Tシャツを捲《まく》り上げる。

今日はまだ風呂に入っていないので、シャツの下から白いブラジャーが現れた。

「真木子さんにも感じて欲しいんだ」

無理矢理しようとすれば、ボコボコに殴られるかもしれないが、優人はもう止まらなかった。

「馬鹿、まだ風呂にも入ってないのに」

ブラジャーのホックを外し、後ろから柔らかい巨乳を揉みしだく。

「いい匂いしかしないよ」

ブラのカップの下に手を入れて乳房を揉みながら、真っ白な首筋にキスの雨を降らせていく。

「こら、匂いなんか嗅ぐな」

むずかる真木子を乳房ごと抱きしめながら、優人はさらに乳頭を指でつまみ上げた。

「あ、ああっ、そこは、だめだって、ああっ、ああん」

背中越しに二つの乳頭を同時に、くりくりとこね回すように愛撫すると、真木子はまた可愛らしい声を上げて悶《もだ》え出す。

「ひあ、ああん、ああっ、優人、はあん」

小さかった蕾《つぼみ》が固く勃起し、真木子の身体から力が抜けていった。

「すごく色っぽいよ、真木子さん」

真っ赤になった真木子の耳元で囁きながら、優人は彼女が着ているTシャツとブラジャーを同時に脱がす。

「ああ……」

真っ白で染み一つない背中が露わになり、細身の上体の前方で巨大な二つの肉塊が鞠《まり》のように大きく弾んだ。

乳房が丸出しになっても真木子は切ない声を出しただけで、力なく畳にへたり込んだまま唇を半開きにしている。

日頃、気っぷのいい彼女のそんな態度に優人はさらに欲情していく。

「今日はお尻の方からさせてよ」

優人はほどよく引き締まった真木子の腰を抱え、自分の方に引き寄せる。

「あ、何するんだ、だめだって」

嫌がりながらも真木子は、優人にされるがままに腰を上げ、四つん這いの姿勢をとった。

ショートパンツだけの大きなヒップが斜め上に向かって突き出され、素肌を晒した上体で、二つの巨乳が釣り鐘のように揺れていた。

「だめって言われても、見るよ……」

真木子が一度、性感に火がつくと、男に対して従順になることに気がついている優人は、遠慮なしにショートパンツとパンティを引き下ろした。

「やん、やだ……」

足先から最後の衣《ころも》を剝がされた真木子は、小さな声で喘ぎながら腰をくねらせる。

「思った通り、真木子さんのお尻、大きくて素敵だよ」

目の前でフルフルと波打つ尻たぶを両手で撫でながら、優人は興奮を隠し切れない。

ムチムチとした尻肉は肌が滑らかで、なんとも触り心地がよかった。

(子供を産んでいないからかな？　オマ×コもすごく綺麗だよな……)

この前も感じたことだが、年齢を感じさせない固めの花びらはまったく型崩れをしていない。

ただ、その割れ目の奥に見える肉厚の媚肉だけは、ヌメヌメと濡れたままうごめいていて、熟した女の淫らさを感じさせた。

「あんまり見るな……どうせ若い女に比べて垂れてるとか思ってるんだろ」

四つん這いのまま顔だけを向けて真木子は言う。

大きな瞳が欲情に濡れていて、半開きになった唇から甘い息が漏れる。

「わざと言ってんの？　こんな綺麗なお尻なのに」

桃尻を揉み続けながら優人は言った。

まるで剝き卵のようなヒップの感触は、確かに張りでは十代の娘には敵《かな》わないかもしれないが、両手に吸いつくような感触は年齢を重ねた女にしかない心地よさだ。

「エッチでおいしそうなお尻だよ」

優人は尻たぶをしっかりと摑んだまま、口を大きく開いて顔を近づけていく。

そして、歯形がつかない程度の強さで、柔肉を甘嚙みした。

「ひゃっ、なにしてんだよ、だめ、嚙むな」

なよなよ腰を振る真木子にかまわず、優人は大きなヒップ全体をまんべんなく、何カ所も嚙んでいく。

「あ、だめ、だって、ああ、ああん」

嚙まれるたびに真木子は、白い背中をのけぞらせ、四つん這いの身体を震わせている。

甘嚙みはとっさに思いついた行動だったが、真木子は快感のポイントではないはずの場所でも見事に反応していた。

「ここもヒクヒクしてきたよ」

優人の唾液が絡みついた二つの尻たぶの間では、ピンク色をした秘裂がゆっくりと開閉を繰り返し、濡れた媚肉を覗かせている。

まるで愛撫を待ち望んでいるかのような女の裂け目に向けて、優人は人差し指と中指を押し込んでいった。

「きゃん、そこは、ああん、いきなり、くううう」

口ではそう言っているものの、真木子の声色《こわいろ》は苦痛を感じているようには思えない。

四つん這いの肉感的な身体が悦びを表すかのように小刻みに震え、セクシーな唇は白い歯が見えるほど大きく開いていた。

「ひあ、だめ、ああん、くうう」

濡れた女の肉の感触を楽しみながら、指をゆっくりと優人は前後させる。

さらには、口を白い桃尻に押しつけ、甘嚙みも再開した。

「くうん、あ、あっ、嚙んだら、ああん、だめ、ああっ」

真木子らしくない弱々しい口調で嬌声を上げながら、畳についた腕や脚をなよなよとくねらせる。

「ひあっ、ああん、お尻が、あっ、ああっ」

もう完全に腰砕けになりながら、真木子は尻を甘噛みされるたびに淫らに喘ぎ続けていた。

「そろそろ、入れてもいい？　真木子さん」

満足いくまで柔らかいヒップを噛んだあと、優人は顔を上げて身体を起こし、指も秘裂から引き上げた。

「はあはあ、優人の好きにすればいいよ……」

息も絶え絶えになりながら、真木子は顔を後ろに向ける。

四つん這いの身体はすでに力が入らないのか、弱々しく横揺れしていて、優人が支えていないと崩れてしまいそうだった。

「うん、じゃあいくよ」

優人はTシャツも脱いで全裸になると、勝手に力を取り戻して屹立する逸物を、熟れた桃尻の真ん中に近づけていく。

「さっき出したばかりなのに、もう復活かよ……若いってすごいな……」

汗にまみれた顔で真木子は苦笑いを見せた。

「真木子さんのお尻とオマ×コがいやらしいからだよ、それに刺激されたのさ」

冗談を言いながら優人は真木子のヒップを両手で鷲摑みにし、挿入態勢に入った。

「と、年上を馬鹿にするんじゃないよ」

自分が恥ずかしい姿を友人の息子に晒していたことを思い出したのか、真木子は顔を真っ赤にしている。

優人は彼女の身体から力が抜けたのを感じ取り、その瞬間に肉棒を押し込んだ。

「ひあ、ああん、だめ、くうう、大きい」

太い剛直が薄桃色の膣口を引き裂くと真木子の背中が大きくのけぞる。

すでに昂《たか》ぶりきっていた彼女の媚肉は、挿入を悦ぶように小刻みに震え出す。

「ほら、どんどん入っていくよ、真木子さん」

巨尻をしっかりと握りしめたまま、優人は肉棒を押し進めていく。

主導権を握ろうと余裕の口調で話しているが、真木子の膣肉の締めつけはかなり厳しく、入れただけで快感に喘いでしまいそうだった。

(すごい、なんてエッチなオマ×コなんだ……これが大人の女なのか……)

ぐいぐい肉棒全体を絞めながら、亀頭部分に粘膜を絡みつかせてくる真木子の媚肉に優人は驚いていた。

その淫靡な動きはかつての恋人たちでは感じたことのないものだ。

「あっ、くうん、ああっ、奥に、ひあああ」

優人と同じように真木子も強い快感を得ているようで、肉棒が進むたびに、甘い声を上げて腰をくねらせている。

四つん這いの身体の下で大きさを増したように見える巨乳の先端は、性感の燃え上がりを証明するかのように固く尖りきっていた。

「入るよ全部、僕のチ×ポが……ほら」

長大な逸物が膣内に収まりきり、鉄のように硬化した亀頭が最奥を抉った。

「ひああ、ああん、食い込む、くうう、ああん」

子宮口が歪むほど、怒張は深々と食い込み、真木子は絶叫のような声を出して、グラマラスな身体を震わせる。

この家には真木子と優人しかいないからいいようなものの、誰かがいたら確実に聞かれているほどの声だった。

「大きな声だね、外まで聞こえるよ」

真木子がかなり感じていることに気をよくしながら、優人はピストンを開始する。

怒張が濡れた秘肉を出入りするたびに、肉唇が大きく捲《めく》れたり縮んだりを繰り返す。

ている。

「あ、ああっ、言うな、ああん、ああっ」

真木子はもう快感が止まらない様子で、頭を大きく振りながらひたすらに喘ぎ続けている。

四つん這いの身体が前後に揺れ、ピストンの反動で上体の下の巨乳が大きく波打ってぶつかり合った。

「ああ、気持ちいいよ、真木子さん」

快感に身を焦がしているのは優人も同じで、肉棒を奥に向かって突けば、狭い膣奥の肉が亀頭を締め上げ、引けば濡れた粘膜がエラに絡みついてくる。

「くうう、真木子さんのオマ×コ、すごいよ、おお」

絶え間なく湧き起こる快感に喘ぎながら、優人は夢中で腰を振り立てる。

「くうん、私も、ああん、優人のおチ×ポ、すごい、ああん」

大きな瞳が蕩《とろ》けた顔を後ろに向けて、真木子も喘ぎ続けている。

腰が打ちつけられるたびに、柔らかい尻たぶが波打ち、結合部からはヌチャヌチャと粘っこい音が響いていた。

「真木子さん、こっちへ」

優人は真木子の体温をもっと感じたくなって、巨大な乳房に手を回して彼女を抱き寄せる。

そして自分は畳に尻をつく形で胡座《あぐら》をかいて座り、背面座位の体位をとった。

「くううん、奥に、はあああん」

体位を変えたことで、自分の体重ごと肉棒に身を預ける形になった真木子は、ムチムチとした腰回りをくねらせて喘ぎまくった。

「くうん、ああん、子宮が砕けそう、ああん、はあん」

優人の膝の上で、そのグラマラスな肉体を躍らせ、真木子はよがり泣く。

ムチムチの尻たぶが優人の身体に密着してぐにゃりと形を変え、なんともいい感触だった。

「まだ、これからだよ」

後ろからしっかりと抱きしめながら、切羽詰まったような声を上げ続ける真木子を突き上げる。

「ひあ、ああん、すごい、ああん、もうおかしくなるよ、ああん、私、ああ」

だらしなく開かれた白い両脚の間に、動物の角のような怒張が出入りを繰り返す。

突き上げを受けて、真木子の身体が弾むたびに、たわわな巨乳が別々の生き物のように踊り狂う。

「ああん、もう狂っちゃう、ああっ、優人ぅ」

もう完全に快感に飲み込まれているのか、真木子は虚ろな叫びを上げながら、何度も息を詰まらせている。

「ううっ、僕もたまらないよ、くううう」

どんどん気持ちも昂ぶってきた優人は、背中越しに手を回して、巨乳を握りしめ、ピンク色の先端部を指でひねり上げた。

「はうん、そんなことしたら、だめだ、私、くうん、ああん」

柔らかいバストがいびつに形を変えるほど握りつぶされても、固く尖った乳頭をこれでもかとひねられても、もう真木子は全て快感として受け入れているようだ。

「はああん、狂う。私、こんなに感じたことないのに、くうううう」

少し悔しそうに歯を食いしばりながら、真木子は何度も背中をのけぞらせる。

肉の少ない下腹部がヒクヒクと震えていて、彼女がもうどうしようもないほど感じていることを証明しているように見えた。

「嬉しいよ、真木子さんが感じてくれて……ううっ、気持ちよすぎて、僕ももう出そうだ」

ねっとりと肉棒を慈《いつく》しむように絡みつく真木子の媚肉に、優人は降参寸前だった。

濡れた粘膜が亀頭のエラや裏筋を刺激するたびに、畳に胡座をかいた下半身全体が震えるほどの快感が突き抜ける。

「ああっ、私も優人が感じてくれて、嬉しいよ、ああっ」

背中を向けて喘いでいた真木子は、首をひねって顔を後ろに向けてきた。

彼女の思いに気がついた優人は強く唇を重ねていった。

「んん、んん……んん……」

どちらからともなく舌を差し出し、音がするほど激しく絡ませる。

上でも下でも繋《つな》がっているような感覚がして、優人は不思議な気持ちだった。

「んん……ぷは、ああ、優人、今日は薬飲んでるから、中に出していいよ、ああ」

唇が離れると、真木子は激しく喘ぎながら言う。

「なんだ、最初からするつもりだったんじゃん」

服を脱がそうとしたときに嫌がったのは、なんだったのかと優人は思った。

「馬鹿、違うよ、ああっ、いつでもエッチできるように飲んでたんだ、ああっ」

肉感的なボディの前で、二つの巨乳を鞠のように弾ませて、真木子は少し笑った。

「なんだよ、それ……」

この夏の間、とことん搾《しぼ》り取るつもりなのかと優人は複雑な心境だったが、もうあまり追及する気は起こらなかった。

「ううう、わかった、中で出すよ、いくよ」

そして何より、快感に溶け落ちた肉棒が優人の頭から考える力を奪っていた。

優人はもう欲望に身を任せ、激しく怒張を突き上げた。

「ああん、すごい、ああっ、優人、ああん、もうだめになる、くうう」

見事な反応を見せ、真木子は一気に絶頂に向かっていく。

大きく開かれた内腿がヒクヒクと痙攣し、丸出しの結合部から愛液が飛び散った。

「イキなよ、真木子さん、僕ももう」

優人も限界に喘ぎながら、真木子の膝の裏を持ち上げ、逸物をこれでもかと出入りさせた。

「くうう、もう、イク、イッ、ク、はああ」

たわわな乳房を千切れるかと思うほど弾ませ、真木子は一気にエクスタシーに駆け上る。

「イクううううう」

背中を大きくのけぞらせ、真木子は絶頂を極めた。

白い身体が引きつけでも起こしたかと思うほど震え、膣内にもそれが伝わる。

「おう、くううう、僕もイクっ」

小刻みに震えだした膣肉の刺激に屈し、優人も腰を震わせる。

同時に肉棒の先端から、白い粘液が勢いよく飛び出した。

「ああ……優人の精子……ああ……中に」

真木子はうっとりした声を上げ、身じろぎ一つせず優人の射精を受け止める。

「うう、気持ちいいよ真木子さん、中出し最高だよ、ううっ」

柔らかく湿った膣肉に包まれながら射精するのは、こんなに気持ちいいものなのかと思った。

今まで避妊はしていた優人はたまらない解放感に包まれながら、何度も精を放ち続けた。

「ああ、優人、好きなだけ出し……私の子宮に……」

優人の膝の上に乗ったまま、真木子はまた顔だけを後ろに向けて唇を重ねてきた。

「んん……んん……」

激しく舌を絡ませながら、優人は夢見心地で何度も精を放ち続けた。

第三章　小麦色のヴィーナス

優人も少しは海の家の仕事に慣れ始めた頃、S海岸はにわかに賑《にぎ》やかになった。

同じ市内にあるR海岸という、ここよりもかなり大きな海水浴場でビーチバレーの大会がひらかれることになり、選手やスタッフが前乗りでやって来たのだ。

平日とはいえハイシーズンのため、R海岸周辺の宿泊施設だけでは大勢の人々を収容しきれず、市内のホテルや旅館に分散して受け入れることになり、S海岸にもいくつかのチームが来た。

その中に、美人選手として名高い水科真夏《みずしなまなつ》がいた。

小麦色に日焼けした肌に大きな瞳、美しく通った鼻筋と、アイドル顔負けのルックスを持つ二十三歳の彼女が、白い歯を覗かせながらビーチを躍動する姿は、屋内のバレーボールから転向した当時から注目の的だった。

しかも、ビーチバレー独特の露出度の高いユニフォームに包まれた身体も抜群のスタイルを誇っていて、いまや夏になれば雑誌のグラビアの常連だった。

「おー、やっぱり美人だな」

真木子の家の酒屋から三軒となりにある旅館に到着した真夏を、優人も二階から見ていた。

トレーニングウエア姿の彼女はすらりとした長身で、テレビなどで見るよりもスリムに見えるが、その見た目が美しいのは変わりない。

「やっぱりスターになる人はオーラがあるな」

部屋の窓から身を乗り出しながら、優人は呟いた。

そこに立っているだけで周りを照らすような華《はな》があり、まだ到着しただけなのに、取材の報道陣や野次馬に囲まれていた。

(わ、目が合った)

報道陣に一礼をして荷物を降ろそうとしていた真夏と、優人は目が合った。

距離が離れているため、なんとなく視線が合っただけだが、真夏はにっこりと笑い、ぺこりと頭を下げた。

「うわー、綺麗なだけじゃなくて、性格までいいのかよ」

ショートカットの頭を可愛らしく下げた真夏の仕草が、彼女の心の美しさを表しているような気がして、優人は一発でファンになった。

「しかし、綺麗すぎて現実感がないな……」

車から荷物を下ろす真夏を遠目に見つめながら、優人は苦笑いした。

「今から一週間は、この夏最高のビジネスチャンスだ、一気に売上げ倍増を目指すよっ」

月曜の朝、海の家の開店準備にやってきた真木子が、皆の前に仁王立ちになって鼻の穴を拡げた。

感じているときの女らしい彼女とは違い、こういう時の姿には本当に迫力がある。

「人が多いのを逃す馬鹿はいないからね」

スター選手である水科真夏がS海岸に一週間滞在するというだけで、報道陣、彼女に帯同するスタッフ、そして、一番多いのは追っかけをしているファンや、近隣の街からの野次馬で、到着した昨日からとにかく人が多い。

今日も朝から、ビーチや町中に大勢の人がやって来ていて、街全体が騒がしかった。

「目指すって、具体的に何かするの？」

迫力に気圧《けお》され気味の優人とは違い、叔母と姪の関係である雛美は普通の態度で真木子に話しかける。

雛美は、大きな目をくりくりとさせていて、同じ小麦色の肌をしていても、美女という呼び方がふさわしい真夏に対し、可愛らしい少女といった感じがする。

「今日から、一週間、ビキニにエプロンで接客する。もちろん私もビキニで店に出るからね」

はっきりとした口調で真木子は言い切った。

「ええっ」

全員が同時に目を丸くし、優人は自分以外は全員女性の従業員を見渡した。

雛美と真木子、そして、憧れの奈々海以外は、見た目や中身もいい歳のおばさんばかりで、彼女たちのビキニ姿など想像するのも辛い。

「もちろん全員じゃないよ。私と雛美、そして、奈々海、お前だ」

真木子ははっきりと言い切って、奈々海を指さした。

(奈々海さんのビキニ……)

Tシャツの上からでも抜群の巨乳の持ち主であることがわかる、奈々海がビキニで接客すると考えただけで、優人は股間が熱くなり、思わず前屈みになった。

「私は別にいいわよ、水着なんて馴れてるし」

若い上に、水泳選手として水着で人前によく出ているであろう雛美は、あっさりと返事をした。

「無理無理、私は絶対に無理です」

逆に奈々海の方は、黒いロングヘアーを振り乱し、必死で頭を横に振っている。

「奈々海、悪いけどこれはお願いじゃない、強制だ」

真木子は奈々海の肩をガシッと掴み、有無を言わせない口調で言った。

「そんなあー」

もう泣きそうな声で奈々海は言うが、真木子の迫力に押されたのか、強く拒絶するような事はない。

「よし、決まりだ。東野さんは酒屋の方をお願いします、二人は水着を渡すからついてきて、あとの人は開店準備」

真木子が言うと、皆がバラバラに立ち上がる。

(奈々海さんのビキニ姿が見られる)

海辺で働いていても、ショートパンツにすらならない奈々海のビキニ姿を拝めるとあって、優人は異様に興奮していた。

半泣きの彼女には申し訳ないが、優人は鼻息を荒くしながら仕事を始めた。

掃除を終えて、料理に使う野菜の準備をしていると、真木子たちが戻ってきた。

「どう、お兄ちゃん、似合う？」

砂浜を先頭切って駆けてきた雛美が優人の前に立って言う。

「おおっ、すごい可愛いよ、雛美」

あらかじめ雛美のためにと真木子が用意していたのか、ブルーのビキニは胸元にリボンのついた可愛らしいデザインだ。

幼い顔立ちによく似合っているが、ただ胸やヒップがかなり大きいため、柔肉に布地が食い込み、爽やかな色香をまき散らしていた。

「遊んでないで、仕事しろよ」

雛美のあとから黒いビキニ姿の真木子が現れた。熟した真木子の肉体に黒はよく似合っていて、ブラジャーの胸元にこんもりと盛り上がる谷間を見ていると、揉みしだいたときの柔らかい感触が、優人の手に蘇ってくる。

「おおっ」

その真木子の後ろからうつむき気味に歩いてくる奈々海を見て、優人は無意識に声を上げてしまう。

奈々海は白のビキニで、どういうわけかブラジャーのストラップや、パンティの腰の部分が完全な紐になっていた。

カップと言うよりも三角形の布といった感じのブラが、たわわな巨乳を押し上げ、真っ白な柔肉が寄せられてくっきりと谷間を作っている。

パンティの紐も腰のところに食い込み、ムチムチとしたヒップを強調していた。

(グッジョブです、真木子さん)

グラビアアイドル顔負けの奈々海の扇情的な肉体を、さらに輝かせるような過激なビキニを探してきた真木子に、優人は心の中で拍手を送った。

「あんまり、見ないで、優人くん」

白い肌をもう真っ赤にして、奈々海は砂の上で不安そうに膝を擦り合わせている。

その恥じらう姿が男の気持ちをかえって煽《あお》り立てることに、彼女は気がついていないのだ。

「き、綺麗ですよ……奈々海さん……」

鼻息を荒くしながら、優人は身を乗り出して奈々海を見つめた。

もっと近づいて背中や、大きく張り出したヒップも見つめたかったが、さすがにそこまでは出来ない。

「いやあ、そんなに見ないで」

優人の視線に耐えかねたように、奈々海は砂の上にうずくまってしまう。

両脚を抱えるように身体を屈めたため、膝のところで白い布に包まれた巨乳がぐにゃりと歪み、ムチムチとした桃尻が後ろに突き出されて、パンティを引き裂きそうなほど張り切らせていた。

「お前が奈々海を恥ずかしがらせて、どうすんだ、馬鹿野郎」

口をぽかんと開けたまま奈々海に見とれていた優人の尻を、真木子が思いっきり回し蹴りしてきた。

「痛《い》てえっ」

真木子のスネがきれいに尻にヒットし、優人は激痛に飛び上がった。

「はーい、ビールの方《かた》」

ビキニの上からエプロンを着けた雛美が、忙しく走り回っている。

どうなることかと心配したが、真木子の思惑はみごとに当たった。

真夏の追っかけや野次馬がほとんど男だったおかげか、海の家は引きも切らない大忙しだ。

美熟女の真木子、美少女の雛美、そして、和風美人の奈々海が、ビキニ姿で接客をしているのだから客を呼び込むのは当然と言えた。

「おー」

雛美が早足で客の中を駆け抜けるたびに、リボンのついたブラの下で張りのありそうな巨乳がユサユサと揺れる。

小柄で細身の雛美なのに乳房だけはアンバランスに膨らんでいて、二つの柔肉が弾む様子に声を上げる客たちもいた。

「はい、こっちはビールね」

黒いビキニの真木子も熟した色香を振りまいている。

年齢を感じさせない瑞々《みずみず》しい肌質のおかげか、カップに持ち上げられた乳房や、小さめのパンティからはみ出す尻肉は艶めかしく、こちらも男の視線を釘付けにしている。

「それなのに俺はヤキソバ焼きかよ」

冷房のない海の家の中でも、特別に熱い鉄板の前での調理を命じられた優人は、自棄気味に呟いた。

しかもヤキソバ係は、客席に背中を向ける形になるので、ビキニ姿の女たちを見ることもほとんど出来ない有様だった。

（どうして俺だけこんなひどい目に……）

店が大混雑しているため、ヤキソバもほとんど焼きっぱなしで、優人は暑さでふらふらだった。

「優人くん……ヤキソバ追加三人前……」

コテを振り回すようにして、必死でヤキソバをかき混ぜる優人の前に奈々海がやって来た。

見られることをまるで気にしていない他の二人に比べ、奈々海は恥ずかしげに白ビキニにエプロンの身体を前屈みにしている。

「はい……」

焼き上がったヤキソバを皿に載せながら、優人はちらりと奈々海を見る。

胸元が覗くのが恥ずかしいのか、エプロンを身体にしっかりと密着させていることが、彼女の巨乳をさらに強調している。

そして隠しようのないヒップは、肉感的な尻たぶに小さなビキニパンティの布が食い込み、こうしている間も客たちの視線を集めている。

（見てるんじゃねえよ……）

覗き込むようにして奈々海の桃尻を見つめる客たちに、優人は妙にイライラした。

こんな気持ちになるのはなぜか、奈々海への視線に気がついたときだけだった。

「はい、お待たせ」

苛立《いらだ》つ気持ちを抑えながら、優人はヤキソバの皿を差し出した。

客の男たちに罪はない。自分もきっと客としてこの場にいたら、奈々海たちの色っぽい肉体に見とれていたはずだから。

「うん、ありがとう」

頬を桜色に染めた奈々海がトレーの上に皿を載せたとき、突然、入口の方がざわつき始めた。

「ん……」

優人も何事かと顔を上げる。

さっきまで奈々海のヒップを見つめていた男性客たちも、腰を浮かせて向こうを見ている。

「マジかよ……嘘だろ……」

そう呟いた客の視線の先には、長身の女性が二人立っていた。

「水科真夏……」

優人も呆然とその姿に見とれた。

小麦色の肌の彼女は少し微笑みながら、入口で店内を見ていた。昨日、窓から見たときと同じく、そこに立っているだけで、周りが華やぐ。

「いらっしゃい」

物怖《ものお》じしない真木子はビキニ姿のままで、真夏と横にいるパートナーの選手に歩み寄っていった。

「食事しようと思って来たんですけど、満員みたいですね」

真夏は白い歯を見せて笑いながら、店の中を見回している。

「ここどうぞ、僕たちもう出ますから」

彼女のすぐ目の前の席にいた男性四人が慌てて立ち上がった。

「いえ、そんな申し訳ないです」

必死で顔の前で手を振り、真夏は言う。

人気者なのに性格のよさをうかがわせる仕草に、店にいる全ての男たちが頬を緩ませていた。

「いいじゃないですか、せっかく譲ってくれたんだから」

黒いビキニにエプロン姿の真木子は、真夏たちの背中を押して言う。

「そうですか、どうもすみません」

立ち上がってくれた男性に深々と頭を下げて真夏たちは座った。

練習のときはビキニのユニフォームは着ていないが、Tシャツにショートパンツという姿でも真夏の肉体の美しさは際だっている。

腰高の彼女は股下が長く、小麦色の両脚はすらり細身で筋肉の張った感じはしない。

さすがに一般の女性より肩幅はあるものの、胸もふくよかで女性らしさを感じさせた。

(そりゃあ、追っかけも出るよなあ)

田舎《いなか》であるS海岸に泊まり込んでまで真夏を追いかけている人々もいると聞いたが、それも納得の美しさだった。

「どうしてうちの店を選んでくれたんだい」

真夏目当ての客が押し寄せていることを喜んでいるのか、真木子も妙に機嫌がいい。

「ご飯を食べるところを探してたら、すごく満員のお店があったんで覗いてみようかと思って」

はにかんだ笑顔を浮かべて真夏は答えた。

「うれしいね、たくさん食べていってね」

「はい、じゃあヤキソバの大盛りと、ウーロン茶を。練習がきついからお腹が空いてるんです」

真夏もあまり人見知りしない性格なのか元気よく言う。

「はいよ、優人、ヤキソバ大盛り二人前」

店中が真夏の方を見つめる中、真木子の大声が響いた。

「は、はいっ」

慌てて優人は鉄板の方に向き直り、ちょうど出来たばかりのヤキソバを皿によそっていく。

もちろん、野菜や肉は通常よりも多めだ。

「うわーおいしそう」

爽やかな笑顔でヤキソバを口に運ぶ真夏に、優人も自然に顔がほころんだ。

「いやー、上々、わははは」

閉店後、売上金を数えながら、真木子は大声で笑いだした。

真夏が来店した効果もあってか、夕方まで席はずっと満杯で、経営者としては最高だろう。

毎年、ここを手伝っているというおばさんが、お盆休みでもこんなに客が入ることがないと言っていたくらいだから、真木子が嬉しいのも仕方がない。

ただあの下品な高笑いは何とかして欲しいと、優人は思った。

「奈々海、明日もビキニで頼むよ」

雛美は家で用があるからと先に帰っているため、もう一人のビキニ要員である奈々海に向かって言った。

あまりの忙しさに片付けもたまっていて、彼女は着替える暇もなくビキニの上からパーカーを羽織っただけの姿で仕事をしていた。

「そんなあ、もう許して下さい……」

頬を桜色に染めた奈々海は、泣きそうな声で真木子に言う。

(恥ずかしがる姿もかわいい)

本人には申し訳ないが、肌を赤くして涙目の奈々海に、優人は何とも男心をそそられた。

「頼むよ、たかが一週間だけだろ、みんなが喜ぶんだからさ」

真木子はお金を数えていた席から立ち上がると、床を掃除している奈々海に歩み寄り、いきなり肩を抱いた。

「やだ、真木子さん、お酒臭いっ」

そう言えば閉店直後、真木子は景気づけだと、店のビールをジョッキであおっていた。

（セクハラオヤジかよ……）

自分はヤキソバ用の鉄板を磨きながら優人は心の中で呟いた。

嫌がる美女の肩を抱いて顔を寄せる姿は、酔っ払いのおっさんそのものに見える。

「まったくお前は固すぎるよ、せっかくよいモノを持ってるんだから、使わないと損だろ」

真木子は嫌がる奈々海にもお構いなしに、羽織っているだけの彼女のパーカーの前を開く。

「いやあ、やめてえ」

白いビキニだけの上半身が露わになり、奈々海はさらに恥ずかしがる。

同性だからいいようなものの、もし優人がしたらすぐに警察沙汰になるような行いだ。

（それにしてもなんて大きいんだ……）

奈々海が恥ずかしそうに身体をよじらせるたびに、二つの三角の布の下で、巨大な肉塊がまるで鞠のように大きく弾んでいる。

乳房があまりに大きすぎるため、ブラの上や横から白い肉がこれでもかとはみ出していて、揺れた拍子に見えてはいけない所まで飛び出してきそうだった。

「エプロンもやめてこのGカップを出したら、もっと繁盛するかな」

勝手なことを言いながら、真木子は奈々海の背後に回り、ビキニ越しに巨乳を揉みしだく。

「いやあん、真木子さん、揉んだらだめです、あっ」

奈々海は泣き声を上げ、クネクネと腰をよじらせながら必死で逃げようとしている。

目の前で繰り広げられる光景があまりに強烈で、優人はぽかんと口を開けたまま見ているだけだが、他の従業員であるおばさんたちは笑っているので、真木子のセクハラはいつものことなのかもしれなかった。

(Gカップもあるんだ……)

優人が呆然《ぼうぜん》としているのにはもう一つ理由がある。

真木子の手の中でつきたての餅のように形を変える奈々海の巨乳がそれほどまでのサイズとは思っていなかったからだ。

奈々海の身体自体がかなりの細身のため、そこまでの巨大サイズとは思わなかった。

（俺も揉みたい……）

もう優人はよだれを垂らさんばかりの顔で、ビキニの下で歪む白乳に見とれていた。

「やだあ、優人くんも見てますから、もういやあ」

奈々海はついに悲鳴のような声を上げて暴れ、真木子の手から逃げ出す。

身体が左右に動くのに合わせて、三角布に包まれた巨乳が別々の生き物のように踊り狂っていた。

「ああっ、またスケベな目で奈々海を見てるのか、優人は……」

やけに座った目を優人に向けて、真木子はこちらに近寄ってきた。

（やばい……）

もはや嫌な予感しかせず、優人は鉄板の前から逃げようとする。

「この変態小僧っ」

朝に蹴られたのと同じ場所に、強烈な回し蹴りが食い込んだ。

「ぎゃあああ」

まだ痛みの残るお尻に、とても女の物とは思えない強い蹴りがヒットし、優人は背中をのけぞらせながら悶絶した。

「おーい、優人、ちょっと下りてこい」

夕食を終えて部屋にいると、一階から真木子の声が響いた。

「何？　俺、まだお尻が痛いんだけど」

優人は自分の手で蹴られた尻をさすりながら階段を下りる。

「大げさな。軟弱なんだよ、お前は。余計なこと言ってないで早く来い」

酔いが醒めた真木子はさっきのことなどなかったかのように言う。

蹴りぐらい、子供がじゃれた程度にしか思っていないようだ。

「なんだよ……あっ」

文句を言いながら居間に入った優人は、部屋の中を見て固まった。

真木子の前に五人ほどの人が座っていて、その中心に昼間、海の家に来店した美人選手、水科真夏がトレーニングウエア姿で座っていた。

「こんばんは」

優人の顔を見て、畳に正座している真夏は笑顔で頭を下げた。

よく日焼けした顔で白い歯を見せる笑顔は、今日、店で見たときよりも美しいと思えた。

「いったい、どうしたの？」

真木子の隣りに座りながら、優人は言った。

「いやあ、武藤《むとう》さんの旅館にいろんな奴が押しかけてパニックになったらしくてさ」

その言葉に前を見ると、真夏の後ろにいる人の中に、三軒隣で旅館を営む武藤家の人の顔があった。

優人は先日、酒屋の手伝いでビールを納品に行ったので、互いに面識があった。

「だから、この子をしばらくウチで預かることになったんだ」

正面にいる真夏の顔をちらりと見て真木子は言う。

「ごめんね、ファンの子やマスコミが来て、水科さん、お風呂もゆっくり入れない状態でねえ」

もう老人と言ってもいい歳の武藤家の女将《おかみ》は申し訳なさそうに言った。

「いえ、私こそ、他のお客様にご迷惑をおかけしてしまって」

真夏や隣りにいるコーチっぽい人も頭を下げている。

確かに昼間、海の家に彼女が入ってきたときの皆の盛り上がりを思うと、武藤旅館が大騒ぎになっていることは容易に想像できた。

「ウチは空き部屋が多いからさ、試合の日まで彼女だけ泊まってもらうことにしたんだよ」

ちらりと優人の方を見て真木子は言った。

仮にファンや野次馬が押し寄せても、真木子なら力ずくで蹴散らしてしまいそうに思える。

「申し訳ありませんが、お世話になります」

正座をしたまま真夏は畳に手をついて頭を下げた。

美人で人気者なのに、こういう奥ゆかしいところも魅力的だ。

「いえ……こちらこそよろしくお願いします……中木田優人です」

優人も頭を下げて自己紹介した。

「まあ一応男だけど、ヘタレで腕力もないから、覗きなんかしやがったら、ボコボコにしていいよ」

真木子が冗談めかして言うと、真夏も周りにいる人々も一斉に吹き出した。

「だ、誰が覗きなんか、するんだよ」

顔を真っ赤にして優人は言う。

真木子はどこ吹く風で、優人の怒鳴り声を聞き流し、それを見てまた真夏たちが笑った。

「中木田さん、ご迷惑かけると思いますけど、お願いします」

素晴らしいスマイルを浮かべて真夏はもう一度頭を下げた。

スポーツ選手は皆そうなのか、それとも際どいユニホームを着るスポーツだからなのか、家にいるときの真夏は妙に大胆だった。

お風呂から上がると、タンクトップにショートパンツ姿で寛《くつろ》いでいて、ショートパンツから伸びる長い両脚を大胆に組み替えたりしながら、居間でテレビを見ていたりする。

(う……ピンク)

身体を動かせば、ルーズなデザインのタンクトップの隙間から、ピンク色のブラジャーが覗き、優人はもう鼻血が出そうだった。

「いつまでもチョロチョロしてないで、買い物がすんだらさっさと帰りな」

無防備なアイドル選手を横目でチラチラと見ながら、居間で麦茶を飲んでいると、酒屋の方から真木子の怒鳴り声が聞こえてきた。

さっきもマスコミらしき二人組を追い返していたから、やはりつきまとっている人間は多そうだ。

「すいません……」

優人の肩越しに店の様子を見ていた真夏が謝ってきた。

「気にしなくていいですよ、あの人、ああいうの得意だから」

追っかけとおぼしき男性の首根っこを掴んで店の外に追い出している真木子を指して、優人は笑った。

「まあ……そうなんですか」

ショートカットの黒髪を揺らしながら、真夏は印象的な白い歯を見せて笑う。

「だから安心して身体を休めて下さい」

「はい……お言葉に甘えてのんびりさせてもらいます……」

可愛らしい仕草で頭を下げた真夏はまたテレビの前に戻っていった。

(俺の心は落ち着けないよ……)

小麦色の脚を伸ばして座る真夏を見ながら、今夜はきっと眠れないだろうと優人は感じていた。


予想通り、美女選手が隣の部屋で寝息を立てていると思うと、夜中に何度も目が覚め、翌日は優人はぼんやりした頭で仕事をするはめになった。

こういう時は灼熱地獄がいつもより辛くなりそうなものだが、今日に限っては真昼の暑さを感じると妙に頭がすっきりしてきた。

これも真夏のオーラに触れたおかげかもしれないと、優人は勝手に思っていた。

「ごめんね、昼間の仕事で疲れてるのに……」

午後から調子がよかったので、奈々海からの、近所のおばあさんの家の雨どいを修理してやってくれないかという頼みも、二つ返事で引き受けた。

「あそこのお家のおじいさんは大工さんだったんだけど、去年に亡くなっちゃっていてね。助かったわ」

「お安いご用ですよ、このくらい」

おじいさんが遺《のこ》していたのだろうか、家の物置にあったパイプや留め金を持ってきて、雨どいの修理を終えると、おばあさんにも、そして、奈々海にも何度も礼を言われた。

「ここのところ、毎日忙しいから奈々海さんも疲れてるでしょう」

夕日に照らされた海岸沿いの道を奈々海と二人で帰りながら、優人は言った。

都会では考えられないほど赤い夕日に染まる街を、奈々海と二人で歩けるだけでも、優人は修理をしたご褒美《ほうび》をもらった気分だった。

「そうね、ほとんど休憩もできないしね」

白の清楚《せいそ》なワンピース姿の奈々海は、長い黒髪をかき上げて、少し微笑んだ。

オレンジ色の光を浴びた彼女は、その清楚な美しさが逆に儚《はかな》げに見え、手で触れたら壊れてしまいそうに感じた。

「奈々海さんは人気者だから」

彼女の美しさに胸が高鳴り、息が詰まりそうになった自分をごまかそうと、優人は冗談めかして笑った。

「い、言わないで、毎日、恥ずかしくて死にそうなんだから」

真木子の考えたビキニ接客は今日も続いていて、ビキニにエプロンの格好で、巨乳を揺らし、はみ出た尻肉をくねらせて歩く奈々海に、客も優人も鼻の下が伸びっぱなしだった。

「あー、また明日のこと、考えたら憂鬱になってきたわ」

ワンピースのスカートをひらひらさせ、奈々海は唇を尖らせる。

「でもあんなにスタイルがいいんだから、もっと自慢げに歩いてもいいんじゃないですか？」

少しいじわるをしてみたくなって優人は言った。

「もう、やだ優人くんのエッチ。馬鹿、恥ずかしいんだからね」

奈々海は不満そうに言うと、両手でポカポカと優人の肩を叩いてきた。

「いてて、すいません」

軽い連打を笑顔で受けながら、優人は幸せだった。

「あ……水科さんだ」

奈々海とじゃれながら横を向くと、夕日に染まる砂浜を一人で走る真夏の姿があった。

トレーニングウエア姿の真夏は、一人黙々と砂の上を走っていた。

「アイドル選手なんて言われてても、ああしてちゃんと努力してるのね」

海の方を見つめながら言った奈々海の言葉に優人も頷いた。

人気《ひとけ》のほとんどない夕方の砂浜は、人気者の真夏にとって、静かに練習できる数少ない場所なのかもしれない。

「帰りましょうか？」

二人でしばらく真夏の姿を見ていたが、今度は砂浜でダッシュを始めた彼女の邪魔になってはと、優人は言った。

「あれ……誰だろう」

真夏のいる砂浜に背を向けようとしたとき、奈々海が急に声を上げた。

もう一度、海の方に顔を向けると、練習する真夏に歩み寄っていく三人連れがいた。

「まずいな……」

男ばかりの三人連れが地元の人なら特に心配ないが、奈々海も顔を知らないようだし、見た目がチンピラ風なのも気がかりだ。

優人は慌てて砂浜に駆け下りて言った。

「なあ、いいだろ練習なんかやめて、呑みに行こうぜ」

「すいません、まだトレーニング中ですので」

悪い予感は的中し、いかにもチンピラといった感じの男三人に真夏は絡まれていた。

「兄さんがせっかく誘ってくれてるんだから付いてこいよ」

中年の兄貴分とおぼしき男に若い男が二人くっ付いているという感じで、その若い一人がいきなり真夏の腕を掴んだ。

「痛い、離して」

トレーニングウエアの腕を引っ張られ真夏は声を上げた。

「やめろよ、嫌がってるだろ」

なんとか駆けつけた優人は慌てて二人の間に割って入った。

「誰だ、お前は」

若い男二人が優人を睨みつけてくる。

ケンカなどほとんどしたことのない優人は彼らの厳《いか》つさに震え上がりそうだが、ここは引くわけにいかない。

「誰でもいいだろ、練習の邪魔しちゃだめだろ」

真夏の前に身体を張って立ちはだかるようにして、優人は言い返す。

「なんだお前、関係ないのにナイト気取りか？」

すごむ若い男たちの後ろで兄貴分がニヤニヤと笑いながら言った。

「へ、ナイト様なら、きっと強いんだろうな、おらっ」

若い男の一人はそう言うなり、優人に拳を振るった。

「ぐあっ」

ケンカはまったく苦手な優人は顔を見事に殴られ、砂浜にもんどり打って転がった。

「優人くんっ」

遅れて来た奈々海が心配そうに駆け寄る。

「大丈夫ですかっ」

真夏も声をうわずらせながら、砂浜に尻餅をついた優人に寄り添ってきた。

「お、女が一人増えたな、そっちの姉ちゃんも美人じゃねえか」

美人選手の真夏に負けず劣らず美しい容姿を持つ奈々海にも、若い男は目をつけたようだ。

「やめろっ」

顔を腫《は》らしたまま、優人は大声を上げて立ち上がろうとする。

「うるせえ」

今度はもう一人のチンピラが優人の腹を蹴り上げた。

「ぐふっ」

脚がみぞおちの辺りに食い込み、優人は身体をくの字に曲げて、砂浜にうずくまった。

「中木田さん、いやああっ」

「優人くん、大丈夫」

二人の女性はもう悲鳴を上げて、優人にすがりつく。

「へへ、二人とも連れて行きましょうか、兄さん」

若い男は後ろで見ているだけの兄貴分に言う。

「ぐうう、やめろ……」

息苦しさに悶絶しながらも優人は顔を上げて、兄貴分を睨みつけた。

「お、おい、ちょっと待て……中木田って、お前、中木田麗子の身内か」

さっきまでニヤニヤと笑っていた兄貴分が顔を蒼白にして、優人に言った。

「は、母親だけど、なんの関係があるんだよ」

腹を蹴られたダメージでまだ立ち上がれない優人は、うずくまったままで兄貴分に言い返した。

「どうしたんですか、兄さん、顔色が悪いっすよ」

あからさまに震えだした兄貴分を見て、若い男二人も不思議そうにしている。

「お、おおお、俺は昔、あの女に塩酸でチ×ポを焼かれそうになったんだ、いやだ、絶対に関わりたくねえ」

兄貴分は今にも泣きそうな声で叫ぶと、一目散に砂浜を駆けだしていった。

「に、兄さん、どこ行くんすか、兄さん」

後ろも振り返らずに、一目散に逃げていく兄貴分を若い二人が必死で追いかけ、砂浜から消えていった。

「なんなんだ……いったい……」

蹴られた腹を押さえたまま優人は、夕焼けに染まった砂浜で呆然と呟いた。

「ああ……そいつなら知ってるよ、R海岸の近くで飲み屋をやってる長谷《ながたに》って奴だ。いい歳して若い衆を連れ歩いて威張ってるようなクズ野郎さ」

家に戻って、真木子に事情や、男たちの特徴を説明すると、すぐに相手が誰かわかった様子だった。

「あの辺に住んでる友達にキチンと締めとくように言っておくから心配すんな」

真木子は不気味な笑みを浮かべて言う。

笑ってはいるが、その目を見ると、締めるという言葉が冗談には聞こえなかった。

「仕返しはどうでもいいけどさ、その長谷って人のことで、どうしても聞きたいんだけど」

殴られた頬を保冷剤で冷やしながら優人は言った。

優人のことを泣きそうなほど心配してくれた奈々海と真夏は、優人を店まで送ってくれていた。今はもう、奈々海は家に戻り、真夏はミーティングのために武藤旅館に行っている。

居間にいるのは優人と真木子だけなので、聞くなら今しかないように思えた。

「ん、あんなしょうもない男の何が気になるんだよ」

真木子は不思議そうな顔で言う。

「あの人、昔、うちの母さんにチ×チンを塩酸で焼かれそうになったって言って逃げ出したんだけど、真木子さんなら何か知ってるんじゃないの」

身体の関係のある真木子を相手に、淫語を隠すようなことを言っても仕方ないと、優人ははっきり肉棒の名を言って自分の心の引っかかりを伝えた。

「ちっ、あのクズ、余計なことまで」

戻ってきたときに奈々海は真木子に、長谷が優人の名前を聞いてなぜか逃げ出していったとしか説明していなかったから、塩酸の話を聞くのは初めてのはずだ。

苦虫を嚙みつぶしたような表情で真木子は舌打ちをした。

「なあ、知ってるんだろ、教えてよ」

その顔つきから真木子が事情を知っていると確信した優人は、視線を逸らす真木子に食い下がった。

「仕方ないねえ、でも麗子さんに私から聞いたって言うなよ」

ため息を吐いた真木子は居間の押し入れを開き、頭を突っ込んでゴソゴソし始めた。

いつものようにTシャツにショートパンツ姿の真木子は、四つん這いでお尻を突き出したような体勢をとっているため、ムチムチとしたヒップや、剝き出しの熟れた太腿が艶めかしかった。

「説明するより、これを見てもらった方が早いよ」

ずいぶんと年季の入ったアルバムを取り出し、真木子は畳の上で開いた。

「な、何、これ……」

そこに貼られている写真を見て、優人は目を見開いた。

全ての写真に、派手な赤やえんじ色をした丈《たけ》の長い、いわゆる特攻服を着た女性たちや、なんのための改造かわからない、異様なカウルやマフラーのついたバイクが写っていた。

女性全員が金髪や茶髪にけばけばしい化粧をして、カメラを睨みつけていた。

「え、これ、母さん？」

数人のヤンキー女が後ろ向きで、顔だけをカメラに向けた写真の真ん中に写っているのは、かなり若いが確かに優人の母、麗子だ。

金髪にパーマをかけ、派手な化粧の母の特攻服には、『初代総長』と金の糸で大きく刺繍《ししゅう》されていた。

「そう、もう二十年くらい前になるけどね、姉さんがこの辺のレディースをまとめ上げて作ったチーム、『火竜姫《かりゅうき》』の写真だよ」

さっきまでの厳しい顔と打って変わり、真木子は懐かしそうに微笑んでいる。

「か、かりゅうき……ひええ……」

恐ろしげな名前に優人は言葉が続かない。

「姉さんが初代総長で、私が三代目だよ、ほら特攻服は受け継いで、刺繍だけ変えるんだ」

真木子が指さした写真を見ると、若い彼女が背中を向けて写っていて、少し古くなった感じのする同じ服の刺繍だけが『三代目総長』に変わっていた。

「女だけの硬派なチームだったからね、掟《おきて》も厳しくてチーム員の兄弟やなんかと付き合うときは脱退するのが決まりだった……」

優人の顔を見て真木子はにやりと笑う。

最初に優人としたときに、真木子が優人が童貞なのかどうか聞いたのは、今でもその掟を気にしているからだったのだろう。

「もう何がなんだか……」

あまりに恐ろしい事実に優人は、本当に現実にあったことなのかと疑いたくなった。

だが、この真木子もそして母も、常識人ながらも妙に度胸が据《す》わったところがあるのはこれが理由だったのだ。

「麗子さんは本当にケンカが強くてね、理不尽な奴は男でもボコボコにして、そりゃあみんな憧れたもんさ」

写真を見つめながら、真木子は嬉しそうに言った。

(あ……そう言えば……あの時)

優人は小学生時代にあったある事件を思い出した。

公園で優人と友人たちが遊んでいたときに、上級生たちに虐《いじ》められたことがあった。

そのリーダー格の親がまさしくヤンキー夫婦で、謝るどころか逆に恫喝《どうかつ》する有様だった。

しかし、母が話し合いに行った翌日、その夫婦は皆の前で土下座して詫びを入れてきた。

(そういうことかよ……母さん)

どうしたのかは教えてくれなかったが、きっとあのヤンキー夫婦を逆に脅かしたのだ。

今さらながら、思春期のころ母に生意気な口をきいていた自分が恐ろしくなった。

「え、これ……東野さん……」

母が腕を組んで仁王立ちする横で、木刀を肩に担いでしゃがむ小柄な女性がいる写真があった。

その顔には、パートながら海の家を取り仕切る東野さんの面影があった。

「そうだよ、あの人は私たちの先輩で、初代チームの特攻隊長さ」

「ええっ」

東野さんはしっかりしているが、いつも明るく、失礼だが見た目もいかにもおばさんといった感じだ。

しかし、言われてみれば、はすっぱな真木子も彼女にだけは常に敬語で接している。

「あ、お前、東野さんにも長谷に殴られたこと言うなよな。昔、うちのチームのメンバーを騙して泣かせた、アイツのチ×ポを焼こうって言い出したの、あの人だからな」

真木子は厳しい顔で言う。

「あそこは旦那さんも、漁師で気が荒いから、お前がこの町で殴られたなんて聞いたら、何するかわかんねえぞ」

「言わない言わない、絶対に言わない」

激しく首を横に振りながら、優人は恐ろしさに股間が寒くなる。

この先、東野さんや真木子に逆らうのだけは絶対にするまいと優人は心に誓った。

「中木田さん……起きてますか……」

夜もふけ、そろそろ休もうかと思って自室の布団の上にいると、廊下の方から声がした。

「水科さん……」

襖を開けると、そこにはタンクトップにショートパンツ姿の真夏がいた。

パンツから伸びる小麦色の脚が、すらりとして美しく、優人はつい見とれてしまった。

「少し、お話いいですか」

「は、はいどうぞ、散らかしてますけど」

控えめな口調で言った真夏を、優人は緊張して迎えた。

なにしろ真夏は、日本中に名の知れ渡る美女なのだ。

「大丈夫ですか、お怪我は……」

ショートカットの整った顔を優人に向け、真夏は心配そうに言う。

「平気です、冷やしたら痛みも取れましたし」

優人はにっこりと笑って言う。

「本当に今日はすみませんでした」

畳の上に正座をして真夏は深々と頭を下げる。

「何言ってるんですか、水科さんは何も悪くないですよ、真木子さんが言うには、あいつら札付きのどうしようもない人間みたいだし」

彼女に合わせて畳に正座している優人は慌てて顔を上げさせようとした。

(あれ……)

腰を浮かせて真夏に近寄ったとき、前屈みの真夏の胸元が覗けてしまった。

無頓着な彼女がタンクトップでストレッチしたりして、バストの辺りが見えてしまうのはよくあることだったが、いつもと違うのはふくよかな乳房を包むブラジャーの姿がないことだ。

(ノーブラ？　まさかな)

小麦色の丸い乳房にくっきりと浮かぶ、ユニフォームに覆われて灼けなかった白い部分まで見え、優人は狼狽えた。

「そう言ってもらえると、救われますけど」

顔を上げた真夏はほっとしたように言う。

(本当にノーブラだ、嘘だろ……)

身体を起こした反動で、乳房が大きく上下に弾むタンクトップの胸のところを見ると、二つの突起の形がくっきりと浮かんでいる。

乳房の揺れ方もやけに派手で、真夏がブラジャーを着けていないのは一目瞭然だった。

「でも、中木田さんって、すごく勇気があるんですね……」

ようやく笑みを見せて真夏は言った。

爽やかな笑顔に心を吸い寄せられそうになり、優人は改めて彼女が天から授かった美貌の持ち主だと感じた。

「優人でいいですよ、呼びにくいでしょ、僕の名字……」

眩《まぶ》しい笑顔に優人は照れ笑いする。

有名な美女と二人きりだなんて、まるで夢でも見ているようだ。

「じゃあ、優人さんって呼びますね、私のことも真夏って呼んで下さい」

正座の真夏はタンクトップの下の巨乳を揺らしながら、優人のことをじっと見つめ、いきなり腰を浮かせた。

「ど、どうしたんですか、水科さん」

身体がくっつきそうなほど、近くまで真夏が寄ってきて、優人は驚く。

「もう、真夏でいいですって」

真夏は頬を膨らませて、顔を近づけてきた。

拗《す》ねたような顔もたまらなく綺麗な上に、今にも鼻がぶつかりそうな距離にあった。

「私……今週の土曜日に試合なんです……」

互いの息がかかる距離で、真夏は大きな瞳を向けて言う。

「はい、知ってます……」

大胆な真夏の行動に優人は少し腰が引けていた。

「とってもとっても大事な試合なんです、だから優人さん、私に勇気を下さい」

切ない目を向けて言うと、真夏はそっと優人に身体を預けてきた。

「ちょ、ちょっと、真夏さん……」

思わず彼女を抱きしめながら、優人は言う。

タンクトップ越しに二つの突起が、優人の胸に押しつけられている。

「いいんですか……あなたを抱いても……」

勇気をくれといった真夏の言葉が何を意味するものなのか、さすがに察しがついている。

最後まで彼女に言わせては、いくらなんでも男として情けないと優人は思った。

「はい……私、本当はすごくプレッシャーに弱いんです、だから優人さんの強い心を分けて下さい」

「僕なんか小心者で腕力もない、ただのヘタレですよ」

「それでも私を助けようとしてくれた、あなたの勇気が好きなんです」

真夏は少し声をかすれさせながら言って顔を上げ、ゆっくりと唇を重ねてきた。

「んん……」

柔らかい唇を感じながら、優人は真夏を抱く腕に力を込め、自分から舌を差し出していく。

「んん……くふ……んん」

真夏は瞳を閉じたままそれに応え、二人は鼻を鳴らしながら舌を絡ませ合った。

「あふ……あん……」

たっぷりと吸い合ってから、絡みついていたピンクの舌が離れていくと、真夏は名残惜しそうに声を上げた。

(今度はエロい……)

さっきまで爽やかな笑顔を振りまいていた真夏だが、今の表情はたまらなく淫靡だ。

大きく美しい瞳をとろんと潤ませ、整った唇を半開きにして見つめる顔はまるで別人に思えた。

「真夏さん……」

昂《たか》ぶる心を抑えきれず、優人は真夏の身体を敷いてあった布団に押し倒す。

「あ……ああ……あ……」

引き締まった身体に覆い被さりながら、首筋に優しくキスをすると、真夏は甘い声を上げて身体をくねらせる。

優人は彼女のタンクトップの裾に手をかけ、ゆっくりと脱がせていった。

（すごい……）

予想通り、真夏はタンクトップの下に何も身につけておらず、小麦色に日焼けした、引き締まった上半身が露わになる。

ウエストの辺りはさすがと言おうか、見事なくびれを描き、うっすらと腹筋も浮かんでいた。

（でもおっぱいは……）

脂肪の少ない身体の上で、こんもりと盛り上がった乳房は、灼熱の太陽の下にあってもユニフォームのブラで守られているおかげか、抜けるように色が白い。

そして、日々のトレーニングの成果か、鎖骨《さこつ》のすぐ下の高い位置で球形に盛り上がり、仰向けに寝ているのにほとんど脇の方にも流れていなかった。

「私……女らしくない身体だから恥ずかしいの……あんまり見ないで……」

片手で目の部分を隠しながら、真夏はショートパンツだけの身体をよじらせている。大胆な衣装で砂浜を飛び回っていても、女としての恥じらいは強いようだ。

「そんなことないですよ、ここも可愛らしくて素敵です」

彫刻を思わせる美しい乳房に顔を寄せた優人は、頂上に息づく小粒な乳頭部に舌を這わせていった。

「ひう、だめ、そこは……」

ピンク色の乳頭部を舐めると、真夏の引き締まった身体が跳ね上がる。

「はう、くうう、優人さん、舐め方がエッチ、ああん」

さらに先端を舌で転がしたり、唇で吸ったりを繰り返すと、真夏は恥じらいながらも、どうしようもないといった風に喘ぎ出す。

甘い声と共に身体がくねり、張りのある乳房がブルブルと弾んだ。

「当たり前ですよ、エッチなことをしてるんですから」

有名人としているという緊張もようやく解《ほぐ》れてきた優人は、右側の乳頭を舐めながら、左手で反対側の乳房も揉む。

反発の強い感触を楽しみながら、指の先でもう一つの乳首を引っ掻いた。

「はあん、両方なんて、ああっ、だめですう」

真っ白な歯が見えるほど、真夏は大きく口を割り、艶のある嬌声を上げた。脂肪のほとんどない腹部がヒクヒクと痙攣し、小麦色の脚もビクッと引きつっている。

「あ、ああん、だめ、優人さん、ああん、いやらしすぎます、はああん」

「そうですか？　だったら真夏さんもエッチになって下さい」

感じることをやけに拒む彼女に少し意地悪をしてみたくなって、優人は両手で双乳を強く揉み、両方の乳首を交互に吸い上げた。

「はああん、だめええ、こんなに強くされたら、エッチになりすぎて、優人さんに幻滅されちゃう、ああん」

甲高《かんだか》い声を上げて全身を震わせながらも、真夏は何かを拒絶するかのように、首を激しく横に振った。

「え？　幻滅なんかしませんよ、いっぱい感じてくれていいんです」

「でも私……清純派アスリートなんて言われてるから」

日焼けした美しい顔を横に背け、真夏は哀しそうに言った。

「前に誰かにそんなことを言われたんですか？」

行為の最中に過去の男のことを聞くのはマナー違反に思えたが、真夏の心に何か大きな傷があるのなら、何とかしてあげたかった。

「うん……イメージが違うって……」

真っ赤になった顔を横に向けたまま、真夏は頷いた。

哀しげな美しい瞳に、涙がにじんでいる。

「僕は真夏さんの本当の姿を見たいですよ……イメージなんかどうでもいい」

優人ははっきりと言い切って、再び乳頭に舌を這わせていく。

「はあん、だめ、そんな、あああん」

わざと大きく舌を動かし、これでもかと突起を転がすと、真夏は派手に身体をのけぞらせて喘ぎ出す。

「素直に感じる真夏さんを見せて下さい」

優人はそう言いながら、真夏のショートパンツを脱がせていく。

中から現れた薄い黄色のパンティの股布に優人は自らの唇を押しつけていった。

「あ、優人さん、ああん、そんなことしたら、汚い」

布越しに秘裂を強く吸うと、真夏は小麦色の長い両脚をくねらせて、切ない声を上げる。

「真夏さんの身体に汚いところなんかないですよ、この下着も綺麗だし」

パンティの股布に舌をあて、唾液の跡をつけながら、優人は舐めまわしていく。

「くうう、ああん、そんな、恥ずかしい、はあっ、ああっ」

すらりと引き締まった太腿を抱えて真夏の下半身を固定し、優人は執拗にクロッチを舐め続ける。

すると真夏は甘い声を上げながらも、どこか物足りないような目で、股間に顔を埋める優人を見つめてきた。

「どうして欲しいか、自分の口で言って下さい、真夏さん」

少しだけ顔を上げて優人はにやりと笑う。

直接、秘裂を愛撫せずに布越しに舐めていたのは、真夏に自らおねだりさせることで、イメージに囚《とら》われる彼女を解放する狙いがあった。

「ああ……そんな……自分からなんて……言えない」

引き締まった腰を切なそうにくねらせて、真夏はむずかった声を出す。

「真夏さんが素直になれなきゃ、勇気もあげられませんよ」

優人は再びパンティの股間に顔を埋め、今度は布越しにクリトリスを転がしていく。

「は、ああん、優人さんの、ああん、意地悪、ああん」

見事な反応を見せて真夏は喘ぐ。

パンティの中から、凄まじい湿り気が伝わり、甘い女の匂いが優人の鼻をくすぐった。

「ああん、もうだめ、ああん、私、だめな女になります」

いつまでも続く焦らし責めに耐えかねたように、真夏は叫んだ。

「優人さん、お願い、ああん、直接、真夏のお股を責めて下さい」

死ぬほど恥ずかしいのだろう、親指の爪を嚙みながら、真夏は震える声を上げた。

「わかりました」

真夏が吹っ切れた瞬間を見逃さず、優人は唾液と、内側から染み出た愛液に濡れるパンティを一気に引き下ろす。

「あああっ」

すべすべとした小麦色の太腿をパンティが滑っていき、中から控えめに茂った黒い陰毛と、薄いピンク色をした媚肉が現れた。

(これが水科真夏のオマ×コ、すごく濡れてる)

テレビの向こうの美女の秘裂をじっくりと見てみたい気持ちもあるが、今はそんな場合ではない。

真夏の淫らな気持ちが燃え上がっているうちに、一気に責めたいと優人は考えていた。

「いっぱい感じて下さい、真夏さん」

舌や唇での愛撫はすっ飛ばし、優人はいきなり二本の指を膣口に向かって突き立てた。

「ひああ、ああん、中に、あ、ああん」

焦らされ続けたおかげで、すでに溶け落ちていた媚肉は男の太い指もあっさりと受け入れる。

それどころか、歓喜するようにぐいぐいと指を締め上げてきた。

「真夏さんの中、すごく濡れてますよ」

そのまま激しく指を前後させ、優人は真夏の膣壁を擦り始める。

「ひああ、優人さんが、ああん、焦らすからあ、ああん、すごい、すごくいいっ」

長い両脚をこれでもかと開いた真夏は、布団に爪を立てながら、顔を蕩けさせて喘ぎ続けている。

ぱっくりと開いた秘裂を指が出入りするたびに、ジュボジュボと湿った音が上がる。

「ああん、いやらしい音がしてる、ああん、真夏のアソコから、ああん」

欲情に顔を上気させ、真夏は叫ぶ。

ユニフォームの跡がついた巨乳が、彼女が身体を震わせるたびに、小刻みな波を打って揺れていた。

「気持ちいいから、濡れてるんですよね、そうでしょ」

優人も興奮を抑えきれず、指を激しく前後させる。

「はあん、そうです、ああん、真夏、気持ちよすぎて、おかしくなりそう、はああ」

大きく口を割った真夏はもうなんの躊躇《ちゅうちょ》もなく、自ら快感を口にした。

どうやら過去のトラウマは完全に吹っ切れたようだ。

「素直になりましたね、じゃあ今度はこっちにしましょうか」

ずぶ濡れの媚肉から指を引き上げると、服を脱いで裸になる。

とびきりの美女の真夏が乱れる姿を見せつけられていたおかげか、優人の肉棒は触れてもいないうちから、猛々しく反り返っていた。

「指とこれとどっちがいいですか？」

傘のようにエラが張り出した赤黒い亀頭を真夏に見せつけながら、優人は言う。

「ああ……それは……」

また恥じらいの気持ちが蘇ったのか、真夏は顔を赤くして口ごもる。

しかし、その瞳は肉棒から片時も離れず、切なげによじらせている長い脚の中心で、濡れた媚肉がヒクヒクと物欲しそうに収縮していた。

「ちゃんと言って下さい……」

優人は彼女の最後の心の壁を砕くべく、亀頭の先だけを秘裂の花びらにくっつけ、そこで動きを止めた。

「あ、ああん、優人さんのおチ×チンが欲しいです、ああっ、その大きいチ×ポで真夏のオマ×コ突いて下さい」

もう全てを捨て去ったかのように真夏は、端正な顔がここまで変わるのかと思うほど、淫靡に表情を蕩けさせ、自ら両脚を大きく開いて叫んだ。

「よく出来ました、それっ」

優人はにっこりと真夏に微笑みかけ、一気に怒張を突き立てる。

「ひいいいい、すごい優人さんのおチ×ポ、ああん、くうう」

まだ入れただけなのに、真夏は目を虚ろにして絶叫する。

「まだまだ、奥までいくよ」

もうドロドロの媚肉は少々乱暴な挿入も、歓喜して受け入れ、絡みつくように逸物を締めあげてきた。

「あ、ひあああ、奥に、ああん、食い込んでますうう。はああ」

小麦色の全身を震わせ、真夏は絶叫を繰り返す。

鉄のように硬化した亀頭が膣奥を抉り、子宮を砕かんばかりに打ち込まれる。

「食い込むだけじゃないですよ、ほら」

休む暇を与えず、優人は激しいピストンを開始する。

最初は真夏の心を溶かすためという考えもあったが、いつの間にか優人も、普段は凛々《りり》しいアスリートがどこまで快楽に崩壊するのか見たくなっていた。

「ひうう、すごい、子宮にゴツゴツ、はああん、あああん」

優人の思惑通り、真夏は大きな瞳を蕩けさせ、何もかも忘れたかのように肉欲に没頭している。

「すごく気持ちよさそうですよ、真夏さん」

長い両脚をがに股気味に開き、ピンク色の秘裂に野太い剛直を受け入れながら、淫らな顔をさらす真夏に優人は囁く。

「ひああ、だって、ああん、優人さんのおチ×チンが、ああんすごくて、ああん、もう何も考えられなくなってるのう」

張りのある二つの乳房を鞠のように胸板の上で弾ませ、真夏はよがり続ける。

そこだけ白い肌の柔乳の先端にある乳頭は、もう痛々しい程に尖り、乳房と共に踊り狂っていた。

「何も考えないでいいんだ真夏さん、気持ちよくなることだけ思えばいいんだ」

「ああん、なりたい真夏、もうオマ×コ壊れてもいいから、いっぱい突いてえ」

妖しく濡れた瞳で優人を見つめながら、真夏は唇を半開きにして引きつった声を上げる。

「うん、どこまでも付き合いますよ」

優人は小麦色の両脚を抱え上げて、股間の密着度を上げると、さらに膣の奥深くに亀頭を抉り込ませた。

「あ、あああっ、すごい、ああん子宮が歪んでる、はあん、もう私、気持ちよすぎて、く、狂いますうう」

小麦色の引き締まった身体が畳の上で、何度も震え、真夏は断続的に息を詰まらせ始める。

「ううっ、僕も気持ちいいです、くうう、真夏さんのオマ×コ、どんどん締めつけがきつくなってくる」

真夏の膣内は奥にいくほど狭くなっていて、ピストンをするたびに濡れた媚肉が万力のように締めあげてくる。

この強さも日頃、肉体を鍛えている成果かもしれない。

「ああん、来て下さい、今日は大丈夫な日ですから、ああっ」

もう虚ろな目になりながらも、真夏は声を振り絞るように言った。

「でも、さすがに中は……」

「欲しいの、真夏、子宮が優人さんの精子でいっぱいになるのを感じたいの」

躊躇する優人に真夏はすがりつくような目で訴え、手を強く握ってきた。

「は、はい、じゃあ、中でイキますよ」

さすがにまずいのではないかと思うが、中出しを求める真夏のいじらしさに心が震え、優人はためらいを捨てる決心をした。

「ああん、来て、優人さあん、ああん、ああ、おチ×ポ、すごい、ああっ、私、もうイキますう、はああん」

ぱっくりと口を開けた膣口に、凄まじい勢いで、怒張が出入りを繰り返す。

真夏が限界を叫ぶと同時に、媚肉がヒクヒクと震え、結合部から愛液が飛び散った。

「イ、イクううううう」

今日一番の絶叫を上げ、真夏はしなやかな身体をのけぞらせる。

勢いがあまりに強すぎて、張りのある乳房が千切れそうなほどに弾んだ。

「僕も、もう、ううううっ」

エクスタシーに震える子宮の脈動が肉棒にも伝わり、優人も限界をむかえる。

そのまま、優人は怒張を子宮口に突き立て、熱い精を真夏の胎内に放った。

「ひあ、ああっ、来てる、熱い精子が、ああん、子宮が膨らむくらい、たくさん」

溶け落ちた表情で真夏は叫びながら、優人の射精を全て受け入れていく。

「ううう、まだ出ます、くううう」

あまりにも淫靡な美人アスリートの蕩けた姿に心震わせながら、優人は何度も精液を打ち込み続けた。

第四章　ビーチの処女

「おっ、勝ったみたいだな……」

真夏の試合はインターネットで結果が発表されていて、彼女のペアはストレートで勝ちを決めたようだ。

「よかった……」

携帯の画面を見ながら、優人はほっと息を吐いた。

試合のあるR海岸はそれほど遠くないが、土曜の今日は海の家もかきいれ時なので、休んで応援に行くわけにもいかない。

携帯の番号やメールアドレスも彼女から教えてもらっていたが、お祝いのメールを送ることはしなかった。

(やっぱり別世界の人だよ、真夏さんは……)

スター選手の真夏と自分には、見えない壁が存在するのだと優人は感じていた。

「おめでとう、真夏さん……」

休憩時間、店の裏手に座る優人は、彼女も同じ空の下にいるのだと、真っ青に晴れた夏空にお祝いを言った。

「何がおめでとうだ、男前ぶってたそがれやがって」

突然、声がして横を見るといつの間にか、真木子がいた。

もう今日からは水着ではなく、Tシャツにサンダル姿だ。

「有名人とセックスしたからって格好つけてんじゃねえぞ、小僧」

軒下に座る優人の前で仁王立ちして真木子は言うと、サンダルの足をいきなり肉棒に押しつけてきた。

「し、知ってたの？」

股間をぐりぐりと踏まれて顔を歪めながら、優人は言った。

「あんなでかい声を出してたら聞こえるっつうの、このスケベ小僧」

真木子はさらに足に力を込めて言う。

酒屋のある家はかなり古いから、真夏の大声を思い返せば、一階で寝ている真木子に聞こえているのも納得だった。

「こんな悪いチ×コは切ったほうがいいんじゃねえのか」

「いてて、や、やめろよ」

乱暴に肉棒を踏まれているのに、優人は強気に言い返せない。

あのレディース時代を知ってしまった今、恐ろしくて真木子に逆らう気持ちなど起きるはずもない。

それは東野さんに対しても同じで、彼女を見るたびに木刀を担いでカメラを睨みつける姿が浮かんで、優人は背筋を震わせていた。

「まあいい、とにかくあんまり調子に乗るなよ」

いつものように棒付きアメを咥えたまま、真木子は言うと、ようやく足を上げた。

「調子になんか乗ってないよ」

なんとか肉棒が無事に解放され、優人はほっとした。

「あ、そうだ、明日はちょっと早じまいするからな」

アメを揺らして向こうに行こうとした真木子が突然振り返った。

「え、どうして？」

「明日はＭ川の花火大会なんだ、午後からみんな出歩かなくなるから商売上がったりなんだよ」

腹立たしげに真木子は言う。

M川はS海岸とR海岸の間を流れる、けっこう大きな川で、毎年夏には花火が行われる。優人も昔行った記憶があった。

「お前も見に行ってこいよ、じゃあな」

いつものように大股で真木子は歩いて行った。

「花火大会か……どうしよう……」

灼熱の空を見上げながら、優人は呟いた。


「よしっ、やった」

お昼過ぎには海の家を店じまいにし、真木子の家の自室に戻った優人は、何度も一人でガッツポーズを繰り返した。

「奈々海さんが来てくれるなんて」

畳の上で小躍りしながら、優人は叫んだ。

今日の朝、開店準備をしていたときに、たまたま奈々海と二人きりになった。

『夜の花火大会に一緒に行ってくれませんか』

勇気を振り絞って奈々海に言うと、なんと彼女がオッケーしてくれたのだ。

「やった、やった」

憧れの彼女と二人っきりで花火を見られると、優人は歓喜していた。

「うるせえぞ、なに暴れてんだ」

ドスドスと二階で跳ね回っていると、一階から真木子の怒鳴り声が響いた。


日も沈み、辺りも涼しくなってきた頃、優人は待ち合わせの場所に向かった。

ここから電車で一駅《ひとえき》の場所にM川はあり、今日は混雑するから歩いて行こうと、奈々海から提案があった。

「奈々海さん……」

商店街の外れにある待ち合わせ場所につくと、奈々海はすでに来ていた。

（奈々海さん……浴衣《ゆかた》だ……）

通りから少し入った路地の入口に、紺色《こんいろ》の浴衣を着て奈々海は立っている。

朝顔の柄《がら》の入った浴衣に長い髪をアップにした姿は、奈々海の清楚な美しさをさらに引き立て、夜なのにそこだけ明るい気がした。

「あ……優人くん……」

こちらに気がついて奈々海は顔を上げた。

透きとおるような白い肌のうなじや、美しい切れ長の瞳に優人は見惚《みと》れてしまう。

真夏も別世界の美女のように思えたが、奈々海もまた手の届かないところにいると感じるような美しさだ。

「どうしたの？」

黙ったまま立ち尽くす優人に近寄ってきて、奈々海は心配そうに覗き込んでくる。

少し丸顔の和風の顔立ちに、黒髪を後ろでまとめた髪型がよく似合い、優人は瞬《また》きをするのも忘れる有様だった。

「な、奈々海さん……綺麗です……すごく……」

小さな小物入れの袋を手に持ち、身体を横に向けて瞳を向ける奈々海に、優人は興奮気味に言う。

普段は照れて言えない言葉も自然と口から出てしまうほど、優人は奈々海の美しさに魅入られていた。

「や、やだ、なに言ってんの、優人くん」

奈々海の色白の顔が一瞬で真っ赤になった。

「もう、花火始まっちゃうから、早く行こっ」

よほど恥ずかしかったのか、奈々海はくるりと背を向けて歩き出した。

「ま、待って下さい、奈々海さん」

下駄を鳴らして歩いてゆく奈々海の後ろ姿を、優人は必死で追いかけた。

「おー」

曇りがちで真っ黒な空に、色とりどりの花火が舞うと、河川敷を埋め尽くした人々から歓声が上がる。

花火大会には、こんな田舎のどこにこれだけの人がいたのかと思うほど、大勢が詰めかけ、身動きも取れない状態だった。

「綺麗だねー」

ドンドンと音を立てて打ち上がる花火を見上げて奈々海が笑う。

「そ、そうですね」

無邪気に喜ぶ奈々海に対し、優人は花火どころではなかった。

上空から花火の明かりが降ってくるたびに、照らし出される奈々海の美しい顔に優人は目を奪われていた。

(笑うとえくぼが出来るんだな……)

丸顔のツルツルとした頬に、時おり笑顔が浮かび、なんとも可愛らしい。

人がひしめき合う状態のため、自然と身体を寄せ合う形になり、なんとも言えない甘い香りが彼女から漂う。

(もう花火なんてどうでもいいよ)

初めて息づかいが聞こえるほど側《そば》にきた奈々海を見るのに必死で、観衆の中で優人だけが上を見ていなかった。

『本年度、花火大会はこれにて終了とさせていただきます、なお帰り道は……』

奈々海の美貌に夢中になっている間に花火大会は終わってしまった。

「あー、終わっちゃったね……」

少しはにかんだ笑いを浮かべて、奈々海が優人を見上げてきた。

二人は駅に向かう人々とは反対の方角に向けて歩き出す。

帰りも混雑を避けて徒歩で帰ろうと決めていた。

「きゃっ」

人の流れに逆らいながら歩いているため、肩がぶつかったりして奈々海は時折バランスを崩す。

スニーカーの優人とは違い、浴衣の彼女は馴れない下駄なのだ。

「大丈夫ですか、奈々海さん、こっちへ……」

よろける彼女の手をとっさに握って支える。

「うん、平気……」

奈々海もしっかりと優人の手を握り返してきた。

（うわ、俺、奈々海さんの手を握ってるよ……）

手のひらを通して伝わってくる彼女の体温に、優人は胸が高鳴る。

初めて出来た彼女の手を握ったときや、真夏を抱いたときよりも激しく、優人は気持ちを昂ぶらせていた。

（なぜ……こんなにドキドキしてるんだ、俺は……）

息が詰まり、胃の中で何かが渦を巻いているような感覚に驚きながら、優人は奈々海の手を引いて歩き続ける。

「平気ですか？　もう少し、ゆっくり……」

「ううん、大丈夫よ、このままで」

相変わらず、人の流れに逆らいながら、優人は前を見て、奈々海を気遣《きづか》う。

（顔が見られない……）

今、奈々海の顔を見てしまったら、自分の心臓が破裂してしまうような気がして、優人はまっすぐに前だけを見て歩き続ける。

「少し、人が少なくなってきましたね」

「うん……」

駅とは逆向きに歩いているので、いつの間にか人もまばらになっていた。

「足……痛くないですか……」

まだ後ろを振り返ることが出来ず、優人は前を見たまま言う。

「うん……痛くないよ……」

また奈々海の小さな声だけが、背中越しに聞こえてきた。

(離したくない……)

彼女の温《ぬく》もりがなくなるのが嫌で、優人は手にギュッと力を込める。

すると奈々海もそっと手を握りかえしてきた。

(奈々海さん……)

もう混雑していないのだから、手を繋いでいる必要もないのだが、奈々海も離そうとはしない。ずっと彼女の顔を見ることは我慢していたが、優人は耐えきれなくなって、後ろを振り返った。

(すごい恥ずかしそうにしてる……)

白い頬を赤く染めた奈々海の顔が、道路沿いにある街灯に照らされていた。

黒髪が上でまとめられた頭を下に向け、腕を伸ばして優人の手を握って歩く浴衣姿の奈々海の可愛らしさに、さらに心臓が熱くなる。

(ずっと、このまま……)

永遠にこの手を握り続けたいと優人は思いながら、道路から外れて公園に入る。来たときに奈々海が、この公園を抜けないとかなり遠回りだ、と言って通ってきたので、帰りも同じ道をたどった。

「あ、ああ……タカオくん……んん」

公園に入ると、いきなり妖しい声が聞こえてきた。

「な、何、これ……」

暗闇の中で目をこらすと、広い公園内にたくさん並ぶベンチが、カップルで満員状態になっている。

花火を見て気分が盛り上がったのだろうか、ほとんどのベンチで男の膝の上に女が乗り、チュッチュッとキスを交わしている。

(ええっ、奥はもっとかよ)

まだベンチはましな方で、公園の奥にある林の中はさらにひどかった。

いくつかの人影がうごめき、空中でユラユラと白い生足《なまあし》が揺れているのが見えた。

(こ、これじゃあ、俺が連れ込んだみたいじゃないか)

ちらりと奈々海を見ると、優人の手を握ったまま真っ赤になった顔を伏せている。まるで優人が邪《よこしま》な目的で奈々海を公園に引きずり込んだみたいだ。

「い、行きましょう」

優人は慌てて、奈々海の手を引いて歩き出した。

ただ歩いている道も、両側にあるベンチにカップルがいて、いやらしい雰囲気に包まれている。

「きゃっ」

歩き出してすぐ、奈々海が声を上げて前のめりに手をついた。

優人の歩く速さに下駄の足で付いてこられなかったのだ。

「ごめんなさい、大丈夫ですか？」

石畳の道に膝をついた奈々海の前に、優人は慌ててしゃがみ込む。

「うん……平気よ」

奈々海は顔を上げると、笑顔で優人を見つめてきた。

切れ長の瞳が糸のように細くなり、覗いた前歯がたまらなく可愛らしい。

「奈々海さん……」

彼女が立ち上がるのを助けようと、手を握った瞬間、優人の中で何かが弾けた。

（この唇に……）

奈々海の、形の整ったピンクの唇を目の前にして、優人は自制心を失った。

細い彼女の指を握り、顔をそっと近づけていく。

「あ……ん……」

暗闇の公園で、しかもいきなりのキスだったが、奈々海は顔を背《そむ》けることもせず、そっと目を閉じて優人を受け入れてくれた。

（奈々海さんとキスしてる）

甘く蕩けるような感覚に包まれ、優人は奈々海の唇の柔らかさに酔いしれる。

舌を入れようなどという気持ちは起こらず、こうして唇越しに奈々海を感じているだけで満足だった。

「ん……」

どれだけの間、唇を重ね合っていただろうか。

優人にとっては無限の時間のような感じがして、身体全体が幸福感に包まれる。

「あ……」

しかし、夜の公園でいつまでも唇を重ねているわけにもいかず、優人は後ろ髪を引かれる思いで顔を離す。

唇が離れると、奈々海はうっとりとした瞳を優人に向けたあと、すぐに恥ずかしそうに顔を伏せた。

「奈々海さん……僕……」

まだ石畳の上にしゃがんだままの奈々海の、浴衣に包まれた肩を持って、優人は言った。

「僕……奈々海さんのことが……」

好きですと言いかけたそのとき、奈々海の指が唇にあてがわれて言葉を封じられた。

「お願い優人くん……それ以上は言わないで……」

奈々海は少し哀しげな顔をし、消え入りそうな声で言った。

「ごめんなさい……私……先に帰るね……」

そのまま、慌てて立ち上がった奈々海は、公園の外に向かって駆け出していった。

「奈々海さん……」

呆然として膝をつく優人の視界から奈々海が消えていく。

（やっぱり弟さんのことが……）

まだ彼女の心の中には、死んだ真木子の弟がいるのだ。

悲しみと悔しさが入り混じったような思いになり、優人はなかなか立ち上がることが出来なかった。

(結局、振られたってことだよな)

早朝、ビーチを歩きながら優人は思った。

まだ夜が明けたばかりの海岸で、優人はゴミ袋とごみハサミを手に砂浜の清掃をしていた。

「おはようございます、ご苦労様です」

まだ夜が明けて一時間ほどなのに、もうサーファーが来ていて、ゴミ拾いをする優人に頭を下げていく。

S海岸では店を出している海の家が交代で、朝に海岸のゴミ拾いを行っていて、今日は真木子の店が当番だった。

「ふう……」

のぼったばかりだというのに、もうギラギラと照りつける太陽のまばゆさに顔をしかめながら、優人はため息を吐いた。

(今日から、どんな顔して会えばいいんだよ……)

昨夜、花火大会の帰りに別れてから、奈々海とは電話もメールもしていない。

顔を合わすのは正直つらいが、仕事のときは逃げようがないのだ。

「はあ……どうしよ」

いくら考えても、奈々海とのうまい接し方がわからず、優人はまたため息を吐いた。

「朝から、何呆《ほう》けてんのよっ」

うなだれて足元にくる波を見たとき、いきなり後ろから背中を蹴られた。

「どわっ」

バランスを崩しそうになって、優人は慌ててじたばたもがいて倒れるのを防いだ。

波打ち際まで来ていたので、転んだらずぶ濡れだ。

「な、何するんだよ」

後ろを振り返って優人は怒鳴り声をあげる。

「ぼんやりしてないで、しっかりしてよ、お兄ちゃん」

後ろには同じようにゴミ袋を持った雛美が胸をそらして立っていた。

ショートボブの髪を揺らして、大きな目で睨みつける雛美は、今日もタンクトップにショートパンツという出《い》で立ちだ。

今日は真木子の命令で、優人と雛美だけがゴミ掃除に来ていた。

「なにも蹴ることはないだろ、背中が砕けそうだよ」

すこしムッチリとした小麦色の雛美の脚は、水泳をしているだけあって、なかなかの破壊力だった。

「ふん、砕けたらよかったのよ」

雛美はぽってりとした唇を尖らせて言うと、そのままゴミ拾いを始める。

「なんだよ、機嫌悪いなあ」

朝、ここで待ち合わせをしたときから、雛美はずっとぶすっとしたままで、優人の顔をろくに見ようともしない。

「そうよ、雛美は怒ってるんだから」

頬を大きく膨らませたまま、雛美は海岸の端《はし》の方に向かってゴミを拾っていく。

「俺が何をしたっていうんだよ」

なぜ雛美が怒っているのかわからず、優人も彼女のそばを歩きながら、砂浜に落ちたゴミを回収していく。

「花火に、私じゃなく奈々海ちゃんと行った……」

唇を尖らせたまま、雛美は不満げに言う。

「はあ？　何言ってんだよお前、約束なんかしてないだろ」

雛美の口から一度も花火に行きたいとも、連れて行けとも聞いていない優人は首をかしげる。

「お兄ちゃんが誘ってくれるの、ずっと待ってたのに」

怖い目で優人を睨みながら、雛美はどんどん進んでいく。

「なんだよ、こっちに友達もいるだろ」

ゴミを拾いながら、優人は呟く。

胸も、今ここから見えるショートパンツに包まれたヒップも見事なほど成長しているのに、中身は子供の頃のままに思えた。

「おーい、そっちはやらなくていいんだぞ」

海岸の一番奥には高さは低いが岬があり、そこは岩場になっている。

そんなところまで入っていく海水浴客はほとんどいないからゴミなどないはずなのに、雛美は自分の背丈の倍以上ある岩場をどんどん乗り越えていった。

「なにやってんだよ、おいっ、雛美」

訳のわからない行動を取る雛美を追いかけて、優人も岩場を越えた。

「雛美、どこだ」

大きな岩を越えると、下はテーブル状の平たい岩になっていて、そこに降りた優人は辺りを見回すが、雛美の姿はない。

「おい、雛美」

少し離れた場所で波のぶつかる音がするだけで、周りには人っ子一人おらず、背後の岬を見上げても、崖の上に木が生えているだけだ。

「お兄ちゃんの馬鹿っ」

海に続く岩場の方を向いたとき、後ろからいきなり雛美が抱きついてきた。

どうやら近くの岩に隠れていたようだ。

「もっと早く追いかけてきてよ」

勝手な事を言いながら、雛美は大きな胸を押しつけるようにしてしがみついてきた。

「どうしたんだよ、戻らないと真木子さんに怒られるぞ」

優人がそう言っても雛美は離れようとしない。

「もういい加減にしろよ」

優人は強引に雛美の手を離して、後ろを振り返った。

「えっ、雛美……」

後ろを向いたとたん、優人は驚きに固まった。

いつも太陽のように明るい雛美が大きな瞳を涙でいっぱいにして、こちらを見つめていたのだ。

「お兄ちゃんは奈々海さんが好きなの？」

真剣な声で雛美は聞いてくる。

「な、何言ってんだよ……お前は」

まさか昨日、振られましたとも言えず、優人は口ごもってしまう。

「やっぱりそうなんだ……」

女の勘で優人の気持ちを察したのか、雛美は手で涙を拭った。

「でも、いいんだ」

何かを決心したようなすがすがしい微笑みを見せた雛美は、よく日焼けした腕をTシャツの裾に回して、一気に頭から脱ぎ去った。

「な、何を」

薄いブルーのブラジャーだけの上半身が現れる。

小麦色をした二つのふくよかな乳房の間にくっきりと谷間が浮かんでいた。

あまりの展開に優人はぽかんと間抜けに口を開いたまま、何もすることが出来ない。

「私、初めてはお兄ちゃんとって決めてたんだ」

続けてなんのためらいもなくブラジャーを外して、雛美は上半身を晒す。

カップの下から飛び出てきた乳房は大きいだけでなく、張りがかなり強く、鎖骨の下でプルプルと小刻みに揺れていた。

「お兄ちゃんが誰を好きでもいいのっ」

雛美は大声で叫び、今度は正面から優人の腰に抱きついてきた。

引き締まった背中に目を落とすと、よく灼けた肌と、水着に覆われて日焼けしていない部分の白い肌が、見事なほどのコントラストを描いている。

「おわっ」

タックルを受けたような形になった優人は、そのまま後ろに尻餅をつく。

足元のテーブル状の岩は、広さが四畳半ほどはある上に、波風の浸食を受けて表面がつるつるになっているので、両手を後ろについてもケガはしなかった。

「だから、今、ここで私を女にして……」

大きな瞳でじっと優人を見つめて雛美は言う。

その表情は大人びていて、女の魅力を感じさせた。

(子供の頃のままだと思っていたのは俺だけか……)

自分が子供の頃のままでないように、雛美もまた大人の女性になっていたのだ。

「だめだよ。本当に好きな人が出来たときに後悔するぞ」

彼女を大人と認めたが故に、中途半端なことは出来ないと優人は思った。

「お兄ちゃんに何もしてもらえなかったら……雛美はもっと後悔するよ」

二重《ふたえ》の大きな瞳を涙でいっぱいにして雛美は言う。

「お兄ちゃん、昔と同じように優しいんだね、だから雛美はお兄ちゃんに女にして欲しいんだ」

張りのある乳房を優人の胸に押しつけるようにして、雛美は身体を預けてきた。

「もう雛美は覚悟を決めてるんだよ……だからお兄ちゃんも逃げないで」

優人の首に手を回して囁く雛美の表情はぞくりとするほど艶めかしく、壮絶ささえ感じさせる姿に優人は心が沸き立った。

「後悔したって知らねえぞ」

頭の中に、真木子に言われた『女に恥をかかせるな』という言葉が蘇る。

ここまで自分を思ってくれる雛美を突き放すのは、処女を奪うことよりも残酷なのではないかと優人は思った。

「しないよ……ずっと決めてたことだから」

少し顔を上げて、雛美は微笑む。

笑うと子供の頃と同じに、無邪気で可愛らしい顔になった。

「まったく……馬鹿だよ、お前は」

呆れたように言いながら優人は、目の前のぽってりと厚い唇へと自分の唇を重ねていった。

「んん……んん」

柔らかい唇をこじ開け、優人は舌を差し入れていく。

雛美は不慣れな感じながらも、懸命に舌を絡ませてきた。

「んん……ん……んふ……」

さらに歯の裏に沿わせるように自分の舌を動かし、息を吸って雛美の舌を吸い込む。

「んん……く……」

びくっと身体を引きつらせ、雛美は目を見開いたが、そのあと、すっと肩から力を抜いて身を任せてきた。

「んん……ああ……」

さんざん舌を吸い合ってから唇を離すと、雛美は少し名残惜《なごりお》しそうに見つめてきた。

「エッチだな……雛美は」

半開きの唇の間から出たピンクの舌先にチュッと軽くキスをして優人は言った。

「お兄ちゃんのキスがエッチだからだよ」

息を荒くしながら、雛美は優人にもたれかかってきた。

優人はそのまま、平たい岩の上に雛美の身体を横たえ、今度は自分が上になる。

「背中……痛くないか？」

「うん、大丈夫」

小麦色によく灼けた身体を仰向けにした雛美は、少し笑顔を見せた。

岩を触るとけっこうつるりとしていて肌が傷つく心配はなさそうだが、それでも固いことに変わりはない。

「痛くなったら、すぐ言えよ……」

優人は声をかけながら、雛美の大きく膨らんだ巨乳に手を持っていく。

仰向けに寝ているのにまったくと言っていいほど、脇に流れていない、張りのある乳房に男の太い指が食い込む。

「うん……あ、お兄ちゃん……」

まん丸に近い巨乳が大きく歪み、雛美は小さな声で喘いだ。

「あん……おっぱい、そんな風にしたら、ああん」

両方のバストを丁寧に揉みしだくと、雛美の声はどんどん大きくなる。

小麦色の肌に水着の跡が白く浮かんでいるのは、ビーチバレー選手の真夏と同じだが、競泳をしている雛美はワンピースの形だ。

「こういうことをするのがセックスだよ」

初々《ういうい》しい反応を見せる雛美に気をよくした優人は、巨乳を揉みながら、先端にある小ぶりな乳頭を口に含んでいく。

「あっ、はああん、だめ、そこは、ああん」

灼けていない真っ白な腹部をヒクヒクと震わせ、雛美は甲高い声を上げた。

「なんで、だめなんだ、雛美……んん……」

さらに優人は舌で先端を転がし、チュウチュウと音を立てて吸い上げる。

「ああん、恥ずかしい声がいっぱい、あっ、ああん」

たまらないといった風に雛美は泣き声を上げ、ショートパンツの腰をくねらせる。

「声が止まらないのは雛美がスケベだからだよ」

わざと意地悪を言いながら、優人は指で両方の乳首を、同時に摘み上げた。

「お兄ちゃん、ひどい、あ、それだめ、あっ、やっ」

両方の突起を責められようとしていることに気がついた雛美だが、身構えることすら出来ずに乳首を摘み上げられる。

「はああん、ああっ、やああん」

張り切った乳房の上で、可愛らしい乳頭がぐいっと伸び、雛美は自ら腰を浮かせて悲鳴のような声を上げた。

「きゃう、だめ、お兄ちゃん、あっ、ああん」

優人は何度も乳首をねじりながら責め続ける。

そのたびに雛美は聞いたこともないような甘い声を上げて、小麦色の身体を引きつらせた。

「あ……あふ……ああ……」

かなりしつこく乳首を責めてから、ようやく優人が手を離すと、雛美はぐったりと岩の上に身体を投げ出す。

「エッチだな、雛美は」

早朝の陽光に輝く雛美のグラマラスな身体を見つめながら、優人は言った。

ショートパンツから伸びる日焼けした両脚もすこしムッチリとしていて、なんとも色っぽい。

「ひどい……お兄ちゃんがしたのに……」

雛美は少しくやしそうに言うが、初めての女の快感に戸惑っているのか、声に力がない。

「これも脱がすぞ」

ショートパンツのゴムに手をかけて、優人はゆっくりと下にずらしていく。

「あ……」

ショートパンツを脱がせたあとは、ブラジャーとお揃いのパンティも引き下ろし、一糸まとわぬ姿にした。

「ああ……明るいところで……見られたら恥ずかしいよ」

地肌が透けるほど薄い陰毛の股間を隠すように太腿を擦り合わせ、雛美は泣きそうな声を出す。

「こんな明るい場所を選んだの、お前だろ」

筋肉質だが適度に柔らかい、日焼けした太腿に手を置き、優人は女体を左右に割り開いていく。

「ああん、お兄ちゃんのばか。あ、だめ」

今にも泣き出しそうな雛美の羞恥の声が響く中、両脚が大きく引き裂かれ、女の全てが晒される。

「お願い……ああ……見ないでよう」

雛美はしきりに恥ずかしがるが、優人の目は秘裂から離れなかった。

(なんて綺麗なピンクなんだ……)

薄桃色の秘貝がしっかりと閉じ合わさる割れ目は、まだ花びらも固そうで、男が触れるのを拒んでいるように思えた。

（ほんとにいいのかな……でもここでやめたら……雛美に失礼だしな……）

まだ心の中に迷いはあるが、恥ずかしがっていても、岩の上でじっと身体を横たえ、されるがままになっている雛美の気持ちに報《むく》いてやりたかった。

「雛美……好きなだけ声出してもいいぞ、誰もいないし」

ここは岩に囲まれている上に、正面は海だから、船でも来ない限りは見られる心配はない。

声をかけながら優人は雛美の内腿の間に顔を埋めていく。

「や、やだ、お兄ちゃん、何してるの、だめ、ああっ」

処女地に優人が顔を近づけていることを知った雛美は激しく狼狽える。

それでも優人はお構いなしに、固い花びらを指で開き、顔を出したクリトリスを舌で転がしていった。

「ひ、やあ、だめ、あ、ああん、なに、ああん」

初めての女の快感に戸惑っているのだろう、雛美は声を上ずらせる。

平らな岩の上で、小柄な身体が弾み、張りのある乳房がブルブルと波を打った。

「はあん、だめ、ああん、恥ずかしいよう」

小麦色の両脚を切なげに揺らし、声があまり出ないように自分の指を噛みながら、雛美は腰を震わせている。

そんな健気《けなげ》な姿が可愛くて、優人はもっと雛美が感じるところを見たくなる。

「ほら、こういうのはどうだ」

雛美にとっては恥ずかしくてたまらないだろうが、優人はもう止まらず、舌を激しく横に動かし、クリトリスを弾くように舐める。

「いやあん、ひあっ、くうっ、あああん」

大きく背中をのけぞらせ、雛美は内腿をガクガクと震わせて、悲鳴のような声を上げる。

人気《ひとけ》のない岩場に、女の艶のある嬌声《きょうせい》が響き渡った。

(開いてきた……)

固く閉じていた処女の合わせ目も少しずつ開き始め、奥にある媚肉も顔を出している。

そして、中からねっとりとした愛液が流れ出していた。

(処女でもけっこう濡れるんだな……もう、そろそろ)

海の家の開店準備もあるから、あまりのんびりも出来ない。

優人は雛美の股間から身体を起こすと、下半身だけ裸になった。

「きゃっ」

可愛らしい声を上げて乱れる姿に反応し、股間で堂々と反り返る怒張を見て、雛美が小さな悲鳴を上げた。

「ごめん……俺のは大きいらしいんだ……怖かったらやめるか」

目を見開いて逸物を見つめる雛美に優人は申し訳なさそうに言った。

処女の雛美にとって、優人の巨根はまさしく肉の凶器のはずだ。

「ううん、大丈夫……気にしないで……お兄ちゃん……」

健気な表情で雛美は言う。

「わかった」

優人ももう覚悟を決めて、雛美の両脚を抱えた。

「あっ、くうううっ」

肉棒が沈み始め、雛美が歯を食いしばる。

さっきまでほんのり赤かった顔から色が抜け、頬の辺りも引きつっていた。

「大丈夫か？　雛美」

あまりの痛がりように心配になって優人は動きを止めた。

「へ、平気、このくらい、なんともないよ」

強がっているのか、微笑みを浮かべて雛美は言うが、声が上ずっている。

「なるべく痛くないようにするからな……」

痛みに耐える彼女に負けないように、優人も腹をくって肉棒を押し進めていく。

(うっ、きつい……これが処女か……)

肉棒を受け入れたことのない雛美の媚肉は、愛液に潤っていても締まりがきつく、まるで侵入を拒絶しているかのようだ。

「ああ……くううう……お兄ちゃん……」

それでも自分に処女を捧げようと頑張っている雛美は、ムチムチとした太腿をさらに大きく開いて優人を受け入れようとする。

「雛美……」

優人は感動しながら逸物を押し進めていく。

そして、途中ですぐに何か門のようなヒダに亀頭が当たった。

「わかるか？　雛美」

それが処女の証《あかし》であることに気がつき、優人は一旦《いったん》腰の動きを止めた。

「うん……わかるよ……来て、お兄ちゃん」

しっかりとした瞳でじっと優人を見つめ、雛美も頷いた。

「いくぞ」

大きく首を縦に振って頷き、優人は腰を前に突き出した。

「ああっ、お兄ちゃん、くううう」

膜を突き破る感触が、亀頭を通して伝わってくる。

雛美は今日一番の絶叫を上げ、全身を引きつらせた。

「もう全部入るぞ、雛美」

「あ、ああっ、お兄ちゃんのが、雛美の奥に、くううう」

白い歯を食いしばりながら、雛美は懸命に耐え、優人の巨根も何とか根元まで収まった。

「はあはあ、全部入ったぞ……大丈夫か……雛美」

まだ入れただけなのに、優人はもう息が上がっていた。

それだけ、処女の媚肉の抵抗が強かったのだ。

「んん……うん……お兄ちゃんと……一つになれた……」

満足げに笑顔を浮かべ、雛美は大きな瞳に涙を溜めている。

大きく口を開けて怒張を飲み込んでいる結合部からは、処女の証である鮮血が滴り落ちていた。

「雛美、こっちへ」

優人は雛美の腰に手を回して抱き寄せ、そのまま抱え上げる。

いくら滑らかでも、岩の上で正常位では、雛美の背中が傷だらけになってしまうと思ったからだ。

「ひゃん、くうっ」

小柄ながらもグラマラスな身体が空中に浮かび、岩の上に尻餅をついた優人の膝に雛美が乗る形になった。

「あ、やだ、あ、ああん」

対面座位に体勢が変わり、さっきよりも深く肉棒が奥に食い込むと、雛美は戸惑いながら、甲高い声を上げた。

「どうした？」

大きな瞳をキョロキョロさせて狼狽える雛美が、優人は心配になってきた。

「へ、平気……でも……お兄ちゃんのすごく奥に来たから……私……」

優人と向かい合う形で、張りのある乳房を揺らし、雛美は言う。

「あんまり……痛くなってきた……かも……」

優人の肩を握り、恥ずかしげに顔を伏せて雛美は呟いた。

「気持ちよくなってきたのか？」

「やだ……わからないよ……でも……さっきまでと違う……」

まだ雛美は女としての感覚がよくわかっていない様子で、ただ戸惑っているといった感じだ。

「少し動いてみるよ……」

優人は雛美の腰を抱え、彼女の身体を支えながら、肉棒をゆっくりと出入りさせる。

「あ、ああっ、お兄ちゃん、くうう、ああっ」

固い亀頭が狭い膣の最奥を抉ると、雛美は腰を震わせて声を上げる。

「気持ちいいんだな、雛美」

その声は明らかに苦痛の物とは違い、艶やかな女の響きを持っていた。

「あ、ああっ、わかんないよ、ああっ」

まだ快感というものがよくわからない様子だが、雛美は確実に甘い声を上げて喘ぎ出す。

ぽってりと厚めの唇は常に半開きになり、ピストンに合わせてゆさゆさと揺れる巨乳の先端は、肉体の昂ぶりを示すように尖り切っていた。

「何も考えないで自然にしてればいいんだ」

優人は奥の子宮口に食い込ませるように、逸物を突き立てる。

「ひゃん、お兄ちゃん、そこ、だめ、ああん」

引き締まった上半身をのけぞらせて雛美は喘ぐ。

もう声だけでなく、身体全体から女の色香をまき散らしていた。

「お、お兄ちゃんは、ああん、気持ちいいの？」

息を切らせながら雛美は潤んだ目を優人に向けてきた。

「ああ、雛美の中がきついからすぐにでも出そうだよ」

処女の秘裂は、入口から最奥に至るまで、恐ろしいほどに締めつけが強く、亀頭も竿も万力で締めあげられているようだった。

「ああ、お兄ちゃんの好きなときに、中で出していいよ、お薬飲んでるから」

膝の上で乳房を揺すって喘ぐ雛美が突然言う。

「な、なんで、そんな薬なんか……どこでもらったんだよ」

今、ここで処女の証の鮮血を流す雛美が、避妊薬を飲んでいるなどと言われても、優人は信じられなかった。

「う、うん、真木子ちゃんが、夏は初体験の季節だからって、渡してくれたの」

姉と妹のような関係の叔母の真木子を、ちゃん付けで雛美は呼んでいる。

(何考えてんだよ、あの人は)

身内に避妊薬を渡すなど信じられないが、現に今、役に立っていた。

「じゃあ、いくぞ雛美」

呆れたような気持ちを立て直し、優人は雛美の身体を上下に揺する。

そして腰を突き出して、肉棒を打ち込んだ。

「ひ、ひあ、ああん、やだ、あっ、あっ」

野太い怒張が激しくピストンを始め、亀頭がズンズンと子宮口を責め立てる。

鞠のような巨乳を激しく揺らし、雛美は戸惑いながら激しい喘ぎ声を上げた。

「うう、雛美、もうイキそうだ」

さすがに初体験で雛美をイカせるのは無理だろうから、あとは優人が達するだけだ。

気合いを込めて肉棒をこれでもかと、上に向かって突き出す。

「ああっ、ああん、すごい、ああっ、声が止まらないよう」

雛美が息苦しそうに背中をのけぞらせるのと同時に、処女の膣肉がこれでもかと締め上げてきた。

「ううっ、もうだめだ、くうう、イクっ」

その強烈な締めつけに、優人は一気に絶頂に向かう。

絞り上げるような動きで膣肉が怒張を挟み込み、脳天まで突き抜ける快感に、優人は身体全体を震わせて、精を放った。

「あ、お兄ちゃん、あああ、中に、ああん」

雛美もまた切羽詰まったような顔で、小麦色の身体を震わせる。

「ああ……いっぱい、入ってくるよ、お兄ちゃん……」

うっとりと瞳を潤ませながら、雛美は優人にしがみついてきた。

「ああ……雛美……」

膝の上の小柄な身体を抱きしめながら、優人は唇を押しつけ舌を絡ませていく。

「んん……んん……」

すっかり登り切った太陽の下で、二人は強く抱き合って互いの唇を貪り合った。

第五章　美神の本性

「お兄ちゃん、ビールのタンクがもうないよー」

忙しいお昼の時間帯、忙しく接客をしている雛美が声を上げた。

「おっ、おう……」

ヤキソバの鉄板の前にいた優人は、隣でかき氷を作る東野さんに目配せしてから、裏手に積まれた生ビールサーバー用のタンクを運びに向かう。

ここのところ気温が高く、ビールやジュースが飛ぶように売れていた。

「早くねー」

海の家の建物を出ようとすると、雛美が屈託のない笑顔で言う。

「はいよー」

逆に優人はいつも通り振る舞っているつもりでも、どこかたどたどしい感じになる。

雛美を岩場で抱いてから三日が経つが、彼女は以前と変わりなく優人に接していた。

(また兄妹に戻った感じだよな……)

自分で、初めての時だけでいいと言っていたとおり、あの日のことはまるでなかったかのような雰囲気の雛美に、優人は女の強さを感じるのだ。

「あ、優人さん、ごめんなさい忙しいのに。ヤキソバを三つお願い」

サーバーの横にタンクを積み上げると、奈々海が申し訳なさそうに言う。

「あ、はい、すぐやります」

Tシャツにエプロン姿で、「ゴメン」といった感じに両手を合わせる奈々海も、前と同じように優しい気遣いで優人に接してくれている。

(ウジウジしているのは俺だけか……)

吹っ切れず煮え切らない態度をとってしまう自分の情けなさを痛感しながら、優人は灼熱の鉄板の前でヤキソバを焼き続けた。

「ただいまー、あれっ」

仕事を終えて真木子の家の玄関に入ると、女性のものとおぼしき靴が幾つも並んでいた。

「何かあったのかな?」

人が集まっている雰囲気を感じた優人は、緊張気味に居間に入った。

とたんに、歓声が上がる。

「誕生日、おめでとう！」

そこには海の家のメンバーが集結していて、皆が囲むテーブルには豪華な料理が並んでいた。

「えっ、なんで知ってんの……」

もちろん中には奈々海や雛美の姿もあり、東野さんをはじめとする、おばさん達も勢揃いしていた。

「昔、お前の誕生日をここで祝った覚えがあったから、麗子さんに電話して聞いてみたんだよ」

真木子も笑顔でテーブルの前に座っている。

「そ、そうなんだ……」

驚きのあまり優人は居間の入口に立ったままで、みんなを呆然と見下ろしていた。

「さあ、主役は上座《かみざ》だよ、お兄ちゃん……」

動かない優人に業を煮やしたのか、雛美が駆け寄って背中を押してきた。

「う、うん……」

押されるがままに優人はテーブルの前に座る。

「なんだ、あんまり嬉しそうじゃねえなあ、嫌なのか？」

ぼんやりとする優人を見て、真木子が不満げに言う。

「いや、嬉しいよ、でも、あんまり誕生日なんかしてもらったことないから……」

今日が自分の誕生日だということは覚えていたが、特別な感慨などはなかった。

母一人子一人の上、その母親も仕事で多忙だったから、中学の頃から特に何かすることなどなかったからだ。

「こんな時に悲しいこと言ってんじゃねえよ、ほら、今日はたくさん呑め、明日も仕事だけど」

訳のわからないことを言いながら真木子は缶ビールを差し出してきた。

「うん」

こちらを向いて笑顔を見せる皆の顔を見て、優人はようやく少し嬉しくなった。

「じゃあ、中木田優人の二十三歳の誕生日に乾杯」

真木子の音頭で宴会が始まった。

雛美以外は全員ビールを手にしていて、しかも、恐ろしい勢いで飲み干している。

「おら、お前が主役なんだから、どんどん呑め」

手に持った缶ビールがまだ空かないうちから、真木子は次の缶を置いてくる。

平気な顔をしてビールを飲み干す女性陣に優人は不安になってきた。

(今日は最後まで持つのかな、俺……)

真木子も雛美も、そして、振られた奈々海も、全員が同時に視界に入る。

(しかし……俺、この中の二人とセックスして一人とキスしてるんだよな……)

酔っ払った真木子辺りが余計なことでも言い出さないかと思うと、正直、気が気ではなかった。

「おい、暗いぞ優人、元気出せ」

もう出来上がったのか、赤い顔をした真木子が背中を叩いてきた。

「はい、今日は呑むぞ！」

もう自棄気味に叫んで優人は立ち上がり、缶ビールをあおった。


「おい、優人、起きろ」

早朝、いきなり部屋に現れた真木子に優人は身体を揺すられて、目覚めさせられた。

「なんだよ、まだ六時じゃんか……うぷっ」

眠い目を擦りながら起き上がると、優人は昨日の酒が胃から戻ってきそうになった。

調子に乗って飲み過ぎてしまい、昨夜《ゆうべ》は途中から記憶も曖昧《あいまい》だった。

「なんだ、あれくらいの酒で情けない奴だな」

真木子の方は、ビールに加えて、日本酒、焼酎とさんざん呑んでいたくせに、けろっとしている。

きっと肝臓の造りがもともと違うのだと優人は思った。

「お前に見せなきゃいけないものがあるんだ」

やけに真剣な目で真木子は言う。

「見せる？」

何事かと優人は首をひねった。

「いいから着替えて降りてこい」

ぶっきらぼうにそれだけ言って、真木子は下に降りていった。


「え……ここ？」

朝の日差しの中、真木子に連れて行かれたのはビーチの外れにある例の岬だった。

雛美の処女を貫いた岩場を見下ろす岬の裏側にある、狭い未舗装の道を真木子について上っていく。

すると目の前に現れたのは古い木造の一軒家だった。

「この家がどうしたの？　けっこう格好いいね」

岬の頂上から海を見下ろす場所に建つ家は、日本家屋の造りではなく、青いペンキが塗られたアメリカ風の家だ。

海外の映画などに出てくる海辺の家といった感じの風情があり、向こうに広がる夏の海によくマッチしている。

「お前は覚えてるか、徳三《とくぞう》おじさん」

木で作られたドアの鍵を開きながら真木子は言う。

「徳三って、じいちゃんのこと？」

母方の祖父にあたる徳三はこの街の出身で、遠洋漁業をしていたときに立ち寄ったハワイで見つけた雑貨や服の輸入を生業としていた。

いつもアロハシャツを着た面白い人だったが、優人が小学校の終わり頃に病気で他界していた。

「ここはその徳三おじさんが建てた別荘さ」

ドアを開けて中に入ると、むあっとした空気が漏れてきた。

祖父は輸入業を始めたときから東京に家を構えていたから、こちらは別荘というのも納得できるが、優人は母から聞いたこともなかった。

「確かに、じいちゃんの趣味だよなあ」

一応、靴を脱いで上がるようにはなっているが、置かれた家具や小物は全て、アメリカっぽいものばかりで、祖父の別荘だということもすぐに納得できた。

「ここから見る海が、おじさんのお気に入りだったんだ」

結構広い、木の床のリビングに入った真木子は、正面の木戸を開いていく。

すると前にウッドデッキがあり、目の前に水平線まで突き抜ける青い海が広がっていた。

「おおっ、すげえ」

夏の光りに照らされた海はどこまでも青く、デッキに立つと、それがほぼ百八十度に広がっている。

都会育ちの優人にとって、異世界を感じさせるほどの絶景だった。

「月夜の晩にここから海を見るのが、おじさんは好きだったんだよ」

真木子も隣りに来て懐かしそうに笑った。

「でも、ここの家は今は真木子さんの物なの？」

鍵を持っているということは今の持ち主は彼女なのかと優人は思った。

「私は麗子さんに頼まれて管理をしているだけ。お前をここに連れてきたのはそのことなんだ」

また真剣な目になって、真木子は言う。

「おじさんは亡くなるときに、この家だけは男のお前に継がせて、住んで欲しいって遺言してたんだ」

「へ、俺っ」

自分の顔を指さして、優人は言った。

確かに母には兄妹もいるが、皆、子供は女ばかりで、従姉妹の中で優人が唯一の男だった。

「ここはおじさんの夢を具体化した家だって言ってたから、そういう気持ちを理解してくれる同性に住んで欲しかったんじゃないかなあ」

洋風に作られた家の中を見渡しながら真木子は言う。

「まあ、ここを使うにしても色々と直さないといけないし、この夏はうちで暮らして、ゆっくり考えな」

鍵を優人に手渡しながら、真木子は笑った。

「うん……」

突然降ってわいた話に、優人は現実感がないまま、目の前に広がる海を見つめた。

岬の家に関して母親である麗子にメールしてみたが、帰ってきた返事は、

『自分で考えて結論を出せ』

という、突き放すものだった。

「でも、ここに住むって言ってもなあ……」

夕方になり、閉店後の片付けをしながら優人は呟いた。

灼熱の中での仕事にもだいぶ慣れてきたが、もとから夏が終わったら優人は東京の母の家に戻るつもりなのだ。

だから、家を相続しろといきなり言われても、どうしたらいいのかわからなかった。

「まあ確かに自分で考えるしかないか……」

あの家をどうしても優人にと遺した祖父の言葉の意味を、夏が終わるまで考えようと、優人は思った。

「優人くん、お久しぶりです」

店前の砂浜に転がるゴミを拾おうとしたとき、聞き覚えのある声がして、優人は顔を上げた。

「真夏さん……」

目の前に立っていたのは、ビーチバレー界のアイドルの真夏だった。

今日はここで合宿をしていたときと違い、サングラスに黒のノースリーブ姿で、ずいぶんと都会的な感じがした。

「どうしたんですか、突然」

もう会うことはないと思っていた真夏の来訪に、優人は驚いて目を丸くしていた。

「今日と明日はオフだから、遊びに来たんです、この前のお礼も言いたかったし」

印象的な白い歯を見せて笑いながら真夏は言う。

サングラスをしていても、眩しすぎるくらいの美しさだ。

「いや、そんな……僕の方こそ応援にも行けずにすいませんでした」

七分丈のパンツから伸びる引き締まった脚や、長い腕はモデルのようで、優人は本当に自分がこの人と一夜を共にしたことが信じられなかった。

「いいですそんなの。それより、今から時間ありますか？　ちょっと付き合って欲しいんです」

車のキーを回しながら、真夏は言った。

「はあ……」

訳もわからず優人はただ頷くだけだった。

「あんな有名人といつの間に仲よくなってたのかね」

水科真夏の運転する車の助手席に乗って走り去る優人を見ながら、東野さんが呟いた。

「さあ？　あの子、ここにいたときに真木子さんの家でお世話になってたみたいだから、そのときに仲よくなったんじゃないですか」

海の家の閉店作業を続けながら、奈々海はそっけなく言った。

せっかく有名人が迎えに来てくれたのだから、今日は早く上がっていいよと、東野さんは優人を行かせていた。

「若い子はいいねえ、あの子も人気者なのに性格もよさそうだし、あ、サインもらっとけばよかったかな」

東野さんは笑顔を浮かべて言う。

「そうですか、確かに愛想はいい子でしたけど……」

奈々海はなぜか、気持ちがざわついていてぶっきらぼうに言ってしまった。

「どうしたのアンタ、やけに機嫌が悪いね。あの子にヤキモチでも焼いてんのかい」

意味ありげに笑いながら東野さんは言う。

こういうときの彼女はやけに鋭い。

「や、妬《や》いてませんよ、なんで優人くんなんかに」

慌てて否定した奈々海だったが、なぜか声がうわずってしまった。

「ふうーん」

東野さんはニヤニヤと笑いながら、奈々海を見つめてきた。

「本当に私は関係ありませんから」

彼女に背中を向けて奈々海は作業を続ける。

(それにしても何よ、あんなにニヤニヤしちゃって……)

否定はしたものの、奈々海は、鼻の下を伸ばして真夏について行った優人に腹を立てているのも事実だ。

(あの子が何をしても私には関係ない)

心の中で呟きながら、ヤキソバの鉄板を磨く奈々海だったが、その動きはいつもの何倍も乱暴だった。

「この前のR海岸の試合で勝てたから、今度、大きなトーナメントに出られることになったんです……」

だいぶ薄暗くなってきたのでサングラスを外した真夏は、ハンドルを持って前を向いたまま言った。

大きく美しい二重の瞳、まっすぐに通った鼻筋と、あらためて見ても、息を呑むほど素晴らしい美貌だ。

「すごいじゃないですか、それはおめでとうございます」

助手席に座る優人はにっこりと笑っていった。

真夏の自家用車だという車は一般的なコンパクトカーで、有名人なのにこういう普通の感覚を忘れないところが、彼女の魅力を引き立てているのだと優人は感じた。

「だからね……優人さん……」

少しはにかんだ笑みを真夏が浮かべたところで、車が少しスピードを落とした。

「もう一度、私に勇気を下さい……」

恥ずかしげにそう言った真夏はゆっくりとハンドルを切る。

「ええっ、それって」

驚く優人の視界に入ってきたのは、国道沿いにあるラブホテルの入口だった。

「いいのかな……本当に……」

シャワーで身体を洗いながら優人は呟いた。

「スポーツ選手ってけっこう縁起をかつぐんです。この前は優人さんのおかげで大事な試合に勝てましたから」

ラブホテルの駐車場に、車を止めた真夏にそう言われ、優人はなし崩し的に部屋まで来てしまったのだ。

「しかし、写真週刊誌とかが来てたらどうするんですか」

人気者の真夏なら、尾行されていても不思議ではない。

こんなベタなラブホテルに入るところなど写真に撮られたら、まさに言い訳のしようもないはずだ。

「撮られたら撮られたで、私は構いませんよ」

そう言いながら、突然、浴室のドアが開いて真夏が入って来た。

湯気に煙る中、小麦色に日焼けした長い脚が見え、続けてユニホームに守られた白い肌の下腹部に生い茂る漆黒の陰毛が見えた。

「なっ」

その上には、水着の跡のついたたわわな巨乳も揺れていて、まごうことなき全裸の真夏だった。

「嫌ですか……私と恋人だなんて言われたら……」

優人の背中にそっとしがみついてきて、真夏は言う。

柔らかい乳房が、優人の背中でぐにゃりと歪み、柔肉と少し固めの乳頭の感触がはつきり伝わってくる。

「いや……僕はいいですけど……周りの人にご迷惑が……」

優人は苦笑いをしながら言う。

前に真夏を真木子の家で預かったときに、彼女を連れて来たコーチとマネージャー

はかなり厳《いか》つかった。

（あんな恐ろしい人たちを敵に回したくないよ……）

二人とも元バレーボールの選手らしく、背丈も肩幅も巨大で、その辺の男など一息

でひねり潰《つぶ》しそうだった。

その二人と真木子が、もし真夏に会いたくて強引に侵入してくる者がいたらどうす

るかと話し合っていたときは本当に怖かった。

『警察なんか呼ぶよりさ、みんなでボコボコにして砂浜にでも埋めて一晩反省させた

方がいいだろ』

『そうですな、そうなれば他に馬鹿なことをする奴もいなくなりますし、わはは』

本気とも冗談とも取れない三人の会話だったが、その気になれば本当にしてしまいそうな気がして、優人は背筋を凍らせた覚えがあった。

真夏とホテルに入ったとばれたりしたら、あの二人につるし上げられるのだ。

「うふふ、そんな無理は言いませんよ……でも今だけは私の彼氏でいて下さいね」

少しいたずらっぽく言った真夏は、優人の肩を持って自分の方を向かせた。

「真夏さん……何を」

「うふふ」

戸惑う優人に、真夏はにっこり笑いかけると、長い両脚を折って浴室のタイルの上にしゃがんだ。

そして、唇を大きく開き、まだだらりとしている肉棒を包み込んだ。

「真夏さん、うくっ、いきなりそんな」

止め忘れたシャワーが流れる背中をのけぞらせ、優人は思わず声を上げてしまった。

濡れた唇が肉棒に吸いつく快感もすごかったが、何より、有名な美人アスリートにフェラチオをしてもらっているという、心の昂ぶりがすごい。

(俺……あの水科真夏にフェラチオしてもらってるんだ)

本番のセックスもしているのにと、優人も思うのだが、つい昨日も、スポーツニュースで活躍するところを見たばかりの真夏が、自分の肉棒を舐めていると思うだけで異様な興奮に包まれるのだ。

「んん……んん……」

真夏の方は優人の気持ちなどお構いなしに、頭を大きく前後に振って唇で亀頭をしゃぶり上げてくる。

しかも右手で竿を優しくしごくというおまけ付きだ。

「ああ……真夏さん……すごく気持ちいいです……」

ショートカットの髪を揺らし、湿った音を立てて亀頭を吸い続ける真夏に、優人は声を震わせて言う。

「んん……嬉しいわ……この前は優人くんにしてもらってばかりだったから、お礼がしたかったの」

少し照れた様子で真夏は白い歯を見せる。

大胆だが恥じらいを忘れないところも真夏の魅力だ。

「はむ……んん……ん、ん」

再び唇を開いた真夏は今度は口内の奥へと逸物を誘う。

整ったピンクの唇の奥に向けて、優人の茶色い巨根が沈み込んでいく。

「くふ……くうう……」

少し苦しそうにしながらも真夏は喉元近くにまで怒張を招き入れ、頭を大きく振り始める。

その動きが激しいため、ユニフォームであるビキニの跡が浮かぶ巨乳がプルプルと揺れ、お湯の流れ続けるタイルについた膝の辺りも、つられて動いていた。

「ああ……真夏さん……そこ、すごくいい」

もう優人は快感に翻弄されるがままに、情けない声を上げる。

彼女の口腔の奥にある固い部分がゴツゴツと、亀頭のエラや裏筋にあたるたび、腰が痺れるような快感が貫くのだ。

「んん……ん、ん、ん」

喉奥まで飲み込んでいるのだからかなり苦しいはずなのに、真夏はじっと上目遣いで優人を見つめたまま、ショートカットの頭を振り続ける。

「んん……んん……くふ」

さらに真夏は奥へ息を吸い込みながら、頭をこれでもかと振り立ててきた。

「ううっ、真夏さん、きつすぎ、くううう」

あまりの快感に優人はもう立っているのも辛くなる。

腰が震え、膝の力が抜けてその場にへたり込みそうになった。

「あ、ああっ、真夏さん……だめです、それ以上はもう」

最後までフェラチオに身を任せていたかったが、優人は必死で我慢して真夏の頭を押さえた。

そして、唾液に濡れる口から逸物を引き上げる。

「ん……あ……ああ……どうして」

最後までしてもよかったのに、と言わんばかりに真夏は切ない目で見上げてきた。

唇の方もまるでなごりを惜しむかのように、透明の唾液を溢れさせている。

「これから真夏さんにも気持ちよくなってもらわないといけないんですから、まだ出すわけにはいかないですよ」

一発抜いたぐらいで、自分の暴れん坊が大人しくなるとは思わなかったが、真夏の秘裂を掻き回す力をたっぷりと残しておきたかった。

「そんな……やだ……恥ずかしいです……この前のこと思い出しちゃう」

真夏は頬を赤くして下を向いた。

この前、真木子の家でしたあと、自分でも信じられないほど乱れてしまい、死にたいくらい恥ずかしいと言っていたときと同じ顔だ。

「いいんですよ、僕たちだけなんですから、いっぱい乱れて下さい」

優人は囁きながら真夏と同じようにタイルにしゃがみ、唇を近づけていく。

「あ……ん……」

流しっぱなしのシャワーの音に包まれる中、真夏も顔を上げ、二人は強く唇を吸いあった。


「優人さん……また私が乱れても本当に笑ったりしませんか」

身体を拭いて部屋に戻り、ベッドに乗った真夏は恥ずかしそうに見つめてきた。

「まだ気にしてるんですか……僕は感じてる真夏さんもいいって言ったじゃないですか」

ベッドのシーツの上で、内腿とお尻をぺたりとつける形で座って恥じらう真夏に、優人は笑顔で言う。

もちろん彼女は身体に何も身につけていないので、小麦色の部分と白い肌の部分がある巨乳や、漆黒の陰毛も全て丸出しだ。

「でもあんなにエッチなことまで言って……思い出したら今でも恥ずかしい」

優人の逸物に貫かれながら、卑猥な陰語まで叫んでしまったことを真夏は言っているのだ。

しかし、その表情は少し笑みが浮かんでいて、そんな自分もまんざらではないと思っているように見えた。

「恥ずかしい姿を見られるのはそんなに嫌なんですか？」

彼女と同じように何も着ていない身体をベッドに乗せ、正面から顔を近づけて優人は言った。

「嫌だなんて……でもすごく恥ずかしかったんです」

優人に改まって問われ、真夏は少し身体を引きぎみにしている。

嫌がっているようにも見えるが、その瞳が妖しく輝きはじめているのを、優人は見逃さなかった。

「じゃあ……やめときます？　……静かにエッチしましょうか？」

わざと焦らすように優人は言った。

彼女がこうして虐《いじ》められるのを待っているような気がしたからだ。

「それは……その……」

口ごもりながら真夏は切ない顔を優人に向ける。

無意識だろうか、彼女は腰をくねらせていて、身体中からなんとも言えない牝の香りを放ち始めた。

「ちゃんとどうして欲しいか言って下さい」

いきなり片方の乳首を軽くつまんで、優人は強い口調で言った。

「ひ、ひあっ、して欲しいです、ああん、エッチなことをされたい……」

優人の見立ては間違っていなかったようで、乳首への刺激に強く反応しながら、真夏は自らの心の内を漏らす。

普段のグラビアなどに登場するときの爽やかさは完全に消え失せ、大きな瞳は蕩けたように潤み、半開きの唇の奥に見える舌はウネウネとうごめいている。

「いやらしい真夏さんを見て欲しいんですね」

追い打ちをかけるように言って、優人は真夏に唇を重ねていく。

吸われることを望んでいるようだった彼女の舌に自分の舌を絡ませ、手は両方の乳首を同時にひねり上げた。

「んっ、んん、ん！」

ベッドにぺたりと座った形の、真夏の抜群のボディがビクビクと痙攣し、すっきりと通った鼻からこもった息が漏れ出た。

「ぷは……ああ……どうしようもないスケベな真夏を優人さんに見て欲しい……」

唇が離れると同時に、真夏はよだれを垂らさんばかりの表情で優人に言う。

清純派と言われる美女アスリートの口から出たとは思えない、卑猥《ひわい》なおねだりをしながら、真夏はどんどん息を荒くしている。

(すごくMッ気が強いんだな)

優人は真夏が恥ずかしい目に遭《あ》わされることを自ら望んでいると確信し、両方の乳首にさらなる攻撃を加える。

「ひあ、ああん、回したら、ああん、だめ、ああっ」

ダイヤルを回すように両の乳頭を同時にひねると、それだけで真夏は感極まった声を上げて小麦色の身体を引きつらせた。

「乳首を責められて気持ちよさそうですね、真夏さん」

自分にもこういう気《け》があったのかと思うほど、優人は興奮気味に真夏を言葉で責めていく。

「くうん、ああん、乳首が、ああん、とっても気持ちいいんです、はああん」

引き締まった腰を淫らにくねらせ、真夏は甘えた声を出す。

「は、はああん、もう身体に力が……」

日焼け跡の浮かぶ、巨乳の真ん中の突起をひねり続けると、真夏は弱々しい声を漏《も》らしながら、優人に向かって崩れ落ちてきた。

「すごく感じてましたね、真夏さん……」

もたれかかる真夏の身体を抱きしめながら、優人は耳元で囁く。

その間も、やわやわと張りのある乳房を揉むことは忘れない。

「あ、ああ……恥ずかしい、こんなに感じてしまって」

恥じらう心もまだ残っているのだろう、真夏は息を切らせながら言う。

「感じている真夏さんも本当に素敵ですよ、もっと僕にエッチな顔を見せて下さい」

さらに彼女に追い打ちをかけて全てを解放させるべく、優人は日焼けしていない下腹部の奥に手を滑り込ませた。

「あ、ああん、そこは、ああん」

優人の指が肉芽を捉えると、真夏は再び大きな声で喘ぎだす。

「クリトリスが気持ちいいんですね」

彼女の反応を見ながら、優人は指の先で押しつぶすように肉芽をこね回していった。

「ひあ、はい、ああん、真夏、クリちゃんで感じてます」

いやらしい言葉を吐きながら、真夏は何度も、自らベッドについたヒップを浮かせてよがり泣く。

「くうう、ああん、優人さんの指、ああん、エッチで、ああん、すごくいいっ」

常に周りから注目される立場の真夏は、抑圧された日々を送っているに違いない。その反動か、己《おのれ》を解放したいという願望が強くあるようだ。

「ここも、もうビショビショですよ、真夏さん」

優人はさらに奥へと指を押し込み、秘裂の入口を掻き回す。

少し固めに感じる肉唇は、おびただしい量の愛液に溢れかえっていて、指を動かすたびにヌチャヌチャと粘っこい音が響いた。

「ひうっ、優人さんがエッチなことをするからですう、ああっ」

膣口を責めると、真夏の身体からさらに力が抜ける。

「あれ？　僕のせいかな？」

わざとねちっこく言いながら、優人は指を二本にして、さらに奥へと侵入していく。

「あっ、はあああん、違います、ああん、真夏がエッチだからですうっ」

もう完全に快感の虜《とりこ》になっているのか、真夏はされるがままに喘ぎ続ける。

脂肪の少ない小麦色の腹部が、うっすら浮かんだ腹筋と共に、何度も引きつった。

「ふふ、じゃあ真夏さんが手マンで感じているところをもっとよく見せてもらうね」

優人は真夏の身体を支えながら、ベッドに横たえる。

仰向けになった真夏は、だらしなく両脚を開き、女の全てを晒していた。

「真夏さんのオマ×コはほんとうにエッチだ」

秘裂のさらに深いところに向けて、優人は二本の指を突き立てた。

「ひいいい、優人さんの、ああん、手マン、ああっ、すごいい」

もう全てを崩壊させて、真夏は感じまくっている。

がに股気味に開かれた小麦色の長い脚は、ヒクヒクと痙攣を繰り返し、背中がのけぞるたびに、引き締まった身体の上で乳房が鞠のように弾んだ。

「オマ×コ気持ちいいですか、真夏さん」

優人は指先で円を描くようにして、真夏の媚肉を掻き回していく。

狭い膣道で二本の指が暴れ回り、濡れた粘膜が指先に絡みつくたびに、グチュグチュとんでもない音が響き渡る。

「ひあああ、気持ちいいですう、手マンされて、真夏のオマ×コ喜んでるのぉ」

大きな瞳を妖しく潤ませて真夏は、何もかも捨てたように叫ぶ。

もう顔は完全に蕩けきっていて、試合の時に見せる引き締まった表情の真夏は消え去っていた。

（すごい反応してきた……中がヒクヒクしてる……）

小麦色の身体が震えるたびに、膣内もまたビクビクと脈動を開始する。

彼女がもう性感の極み近くにいるのは明らかだ。

「ふう……最後はやっぱりコイツがいいですよね」

大きく息を吐いた優人は、真夏の中から指を抜き取った。

「あ……ああ……」

二本の指にはありえないほどの量の愛液が絡みつき、間で糸を引いている。

真夏はその様子を虚ろな瞳で、名残惜しそうに見つめていた。

「いらないんですか？」

優人は自分で怒張をしごきながら、真夏に見せつける。

さっきの浴室でのフェラチオから一度もしぼんでいない肉棒は、指に付いていた愛液がまとわりついて、淫靡に光りながら反り返っていた。

「ああ……欲しいです……優人さんのおチ×ポが欲しい……」

少し身体を起こして真夏は取り憑《つ》かれたように言う。

その視線は怒張に釘付けになっていて、おねだりをするように腰がくねっていた。

「じゃあ、いっぱい突いてあげますよ」

男を狂わせる淫女のような真夏の仕草に、優人も魅入られ、力強く彼女の身体を俯《うつぶ》せにして腰を引き寄せた。

「あ……ああ、優人さん」

四つん這いにされた彼女は、ここでもまた切なげに、引き締まったヒップを揺らし、濡れた媚肉とセピアのアヌスを見せつけた。

「お待たせです、真夏さん」

中のピンクの媚肉がはっきりと見えるほど、ぱっくりと口を開き、だらだらと愛液を垂れ流す膣口に、猛《たけ》った亀頭が押し込まれる。

「ひぐ、ひあああ、おチ×ポ、ああっ、来てるううう」

肉棒が花弁を押し開いた瞬間、真夏は絶叫して犬のポーズの背中をのけぞらせる。

「まだまだ、奥に入りますよ」

濡れてドロドロになっている媚肉を引き裂く気持ちで、優人は力強く怒張を突き立てた。

「ひああ、子宮に、ああん、固いのが食い込んでますううう」

四つん這いの身体を引きつらせ、真夏は快感に溺れている。

二つの巨乳が身体の動きからワンテンポ遅れて、前後に大きく弾み、尖りきった乳首も踊り続けていた。

「そうだよ、チ×ポで真夏さんの子宮の入口を掻き回してるよ」

優人は真夏のくびれた腰の辺りをしっかりと両手で固定し、激しくピストンを始める。

「き、ひぃん、来てるうう、私の子宮に優人さんのおチ×ポが、あああっ」

肉欲に全てを預けたように真夏は悶え続ける。

愛液にまみれて妖しく輝く媚肉の入口を、どす黒い肉竿が激しく出入りを繰り返す。

「ひぐうう、優人さんのおチ×ポ、最高ですう、ああん」

優人の腰が叩きつけられるたびに、真夏は息を詰まらせながら、激しくよがり泣く。

衝撃を受けるたびに、水着の跡がくっきりとついたヒップが波を打ち、何とも淫靡だった。

「もっと感じるんだ、真夏さん」

もう夢中になって優人は肉棒をピストンさせ、亀頭を真夏の子宮口に叩きつけた。

「ひあ、ああっ、無茶苦茶にして、ああん、狂うくらい、ああん、おチ×ポで突きまくってええええ」

真夏もまた、ただひたすらに肉棒を受け止め、快感を貪り続けていた。

「こっちへ、真夏さん……」

優人は背中越しに真夏の乳房を握り、自分の方へ引き寄せる。

そして、そのままベッドに尻餅をつく形で座り、体勢を変えた。

「きゃん、ああっ、奥に、くふううう」

背面座位の体位で優人の膝の上に乗る形になった真夏は、大きく唇を割って絶叫した。

股間の密着度がさらに上がり、さらに膣の奥深くへと怒張が食い込んだのだ。

「おおっ、真夏さんのオマ×コがすごく締めつけてきました、くうう」

真夏の膣道は奥に行くほど狭いので、亀頭が深く食い込めば、媚肉の締めつけもそれだけ厳しくなる。

ベッドのバネを利用して下から突き上げながら、優人も快感に呻《うめ》いていた。

「ああん、真夏のオマ×コが悦んでるの、ああん、固くて大きな優人さんのチ×ポが大好きって言ってるのっ」

優人の膝の上で、大きく両脚を開き、真夏は喘ぎ続ける。

確かに彼女の感じ方が激しさを増すごとに、膣壁の締まりもきつくなっているような気がした。

「ほら、真夏さん……前を見て下さい」

優人は後ろから、真夏の顎を持って前を向かせた。

「な、何？　ああ……ああっ、いやっ」

ラブホテルのお約束と言おうか、ベッドの近くには大きな姿見《すがたみ》があり、ちょうど正面から見た真夏の姿が映っていた。

「すごくエッチな顔してますよ……真夏さん」

鏡の中には、優人の膝の上でだらしなく両脚を開いて肉棒を受け入れている、真夏の淫らな姿が映し出されていた。

何よりいやらしく感じるのは真夏の快感に溶け落ちた表情で、大きな瞳を妖しく潤ませて目尻を下げ、唇はだらしなく開ききっている。

「ああっ、言わないでください……私……ああ……」

声は悲しみを帯びているものの、真夏の瞳は鏡に映る自分に釘付けになっている。

彼女は自分のみじめな姿にすら、興奮を覚え始めているようだ。

「ふふ、顔だけじゃない、下の方もすごいことになってますよ」

優人は後ろから張りのある巨乳を強く握り、肉棒を上下にピストンさせる。

「はあん、いやあん、私のオマ×コ、ああ、いやらしすぎる」

逸物が食い込む秘裂は、ぱっくりと口を開き、大量の愛液をまき散らしていた。

「いやらしいですよ、すごく淫らなオマ×コです、あなたのファンが見たら卒倒するでしょうね」

もう彼女がどんなことをされても、快感として受け入れていることを確信し、さらに追いつめるような言葉を囁く。

「ああっ、そうなの、真夏は淫らな女なんです、ああん、清純なんかじゃないんです」

もう全てを捨て去って真夏は叫んだ。

肉棒の上で自ら腰をくねらせてよがり泣き、日に焼けた長い手脚を何度も引きつらせる。

「あ、ああん、優人さんのおチ×ポ、最高です、くううん、真夏はもうケダモノです、気持ちよくなることしか考えられない、淫乱女ですううう」

いよいよ快感も極まってきたのか、真夏は舌が見えるほど大きく口を開き、淫らな言葉を言い続ける。

「ああん、もうイキます、優人さんのおチ×ポで、真夏のオマ×コ、イッてもいいですか？」

息を切らせて真夏が叫び、同時に肉棒に絡みつく膣肉がヒクヒクと痙攣を始めた。

「イッていいですよ、真夏さん、僕も一緒にイキますからっ」

優人はとどめとばかりに、ベッドのバネの力も使って、真夏を激しく突き上げた。

「ひあああ、ああん、来て下さい、ああん、真夏の奥に優人さんの精子を、たくさん出してえええ」

雄叫《おたけ》びを上げ、真夏は優人にもたれかかるようにして、背中を大きくのけぞらせた。

「はいい、いきますよ、くおおおっ」

優人は休まずに真夏の奥に亀頭を突き立てる。

膣肉が一気に押し寄せ、亀頭のエラや裏筋に絡みながら締め上げてきた。

「ひあぁっ、イク、真夏の淫乱オマ×コ、イッちゃいますぅう、ああん」

膝の上で真夏の身体がガクガクと痙攣し、張りのある乳房が千切れるかと思うほど弾んだ。

「イクうううう!」

外まで聞こえるかと思うほどの絶叫を上げ、真夏は呼吸を止めたまま、頭を後ろに倒して、絶頂に震えた。

「僕もイキます、くうううっ」

エクスタシーと同時に収縮した媚肉の締めつけに、優人も限界をむかえ、熱い精を真夏の胎内に向けて発射する。

「はあん、真夏の子宮が精液でいっぱいに、暖かい……ああ……」

恍惚《こうこつ》とした顔で真夏は優人に背中を預け、射精を全て受け止めていく。

「真夏さん、ううっ、まだ出ますよ」

鏡に映る、真夏の満足そうな表情を見ながら、優人は何度も熱い精を放ち続けた。

第六章　求めあう二人

「いてて、腰が……」

翌日、優人は顔をしかめつつ仕事を始めた。

真夏との激しいセックスのダメージが抜けていなくても、仕事にはちゃんと行かなくてはいけない。

出かけた翌日に休むなどと言えば、真木子に半殺しにされるのは確実だ。

「そこに積むと、ジュースのタンクが置けなくなるから、空けといてって前に言ったのに」

飲み物のサーバーの横に生ビールのタンクを積んでいると、奈々海がやけにきつい口調で言ってきた。

「は……すいません……」

普段から温厚で優しい奈々海の豹変《ひょうへん》した態度に、優人は言葉を失っていた。

（俺……なんか怒らせるようなことしたっけ？）

奈々海が不機嫌な理由が理解できず、優人は首をかしげるばかりだ。

「ここは私がやるからいいわ、優人くんは野菜の用意をしてて」

奈々海は豊満なヒップで優人を押し飛ばすようにして身体を入れ、タンクの並べ替えを始めた。

「嫌われたのかなあ……」

哀しい気持ちで優人はまな板に向かい、野菜を切り始めた。

一度、振られているとはいえ、やはり優人は奈々海のことが好きだった。

「ヤキモチだね。あれは」

泣きそうな顔で包丁を動かす優人の横に、いつの間にか東野さんが立っていた。

「僕にですか……まさか」

向こうが自分を振ったのにと、優人は心の中で呟いた。

彼女の中には、いまだに真木子の弟がいるのを、優人は知っている。

「それ以外の理由で、あの子があんなひどい態度とることはないさ」

おばさんパーマの東野さんはにやりと笑って優人を見た。

「そんな……」

まだ不機嫌に唇を尖らせる奈々海は、少し離れた場所にいるから、優人達の会話は聞こえていない。

（本当かよ……）

ヤキモチを焼いているのだと思うと、奈々海のきつい態度もどこか可愛く思えてくるから、不思議だ。

「でも中途半端な気持ちで奈々海ちゃんに手を出すなら、やめときなよ。もう奈々海ちゃんの泣いてる顔は私たちも見たくないからね……」

笑顔だった東野さんが突然真顔になって、ジロリと睨んできた。

さすがと言うべきか、背筋が寒くなるような迫力がある。

「そ、そんな……僕は……」

優人はなぜか焦ってしまい、言葉が続かない。

「まあ……いいよ。あの子も男を知らないまま老いていくのは可愛そうだしね」

ふう、と息を吐いて東野さんは言うと、そのまま優人の前から離れていった。

（奈々海さんが男を知らない？　まさか……）

二十八歳の奈々海が今もヴァージンのままだと言われ、優人は驚きのあまり、ざく切りでいいヤキソバ用のキャベツをみじん切りにしていた。

（しかし、本当なのか……奈々海さんが処女だっていうのは……）

彼女が自分に嫉妬していると東野さんに言われたことよりも、処女だということの方が、優人は気になって仕方なかった。

（あんなにすごい身体してるのに……）

こちらに背中を向けてヤキソバを焼く奈々海の、ムチムチと実った艶めかしいヒップを見て優人は思った。

今日もベージュ色をした七分丈のパンツ姿だが、なんとも言えず色っぽい。

「すいませーん、ヤキソバ一つ」

今は店内で接客をしている優人に客から声がかかった。

「はい、ただいま」

ぼんやりしていた優人は慌てて、ヤキソバを焼く奈々海のところに行った。

「一人前です」

優人が言うと、奈々海は視線を合わせないまま、皿の上にヤキソバを載せていく。

（すごい汗だな……）

まだふてくされたような顔の奈々海を見て、優人は思った。

今日は特別に気温が高く、さらに鉄板の前は猛烈な温度だ。

「ヤキソバ、交代しますよ」

どことなく奈々海の顔色が悪いように思えた優人は、お客の前にヤキソバを置いてから、鉄板に戻った。

鉄板の前はまさに灼熱地獄なので、皆、定期的に冷蔵庫の前に行って水分を補給したりしているのだが、奈々海がずっとそこにいることも気になった。

「いいわ、今日は私の当番なんだから……」

相変わらず、優人と視線も合わさずに、奈々海は調理を続けている。

(まだ怒ってるんだ……)

だが、ぶすっとした奈々海を見て、優人は彼女にここまで妬かれていることが、どこか嬉しくなった。

「じゃあ、お水でも持ってきましょうか？」

「いいから、ほっといて」

じっと鉄板を見てヤキソバを焼き続ける奈々海だが、さっきまで流れていた汗が止まっている。

これはよくない兆候だ。

「私は平気だ、から、優人くんは、自分の仕事を……あ……」

ようやく優人の方に顔を向けたと思った瞬間、奈々海の頭が後ろにカクンと折れた。

「奈々海さんっ」

優人は、まっすぐ後ろに倒れようとする奈々海を、慌てて抱きしめる。

「どうしたの……きゃっ、奈々海ちゃん！」

他の従業員達も駆け寄ってきて、店内が騒然となった。


奈々海はすぐに海岸近くにある診療所に担ぎ込まれて治療を受けた。

どうやら軽い熱中症だったようで、点滴を受け、身体を冷やすことで意識もすぐに取り戻していた。

「特に心配することはないですよ。まあ暑い日が続きますから、あなたもちゃんと水分を取るように気をつけて下さい」

仕事が終わってから優人も診療所に行くと、そこの医師が奈々海の状態を教えてくれた。

東野さん曰《いわ》く、ここの医者は毎年、かなりの数の熱中症を診《み》ているから、任せておけば心配ないという。

（よかった……）

診察室の片隅にあるベッドで横になる奈々海を見て、優人はほっと息を吐いた。

「あ、氷まくら……」

奈々海が首の下に敷いている氷まくらが溶けていたので、優人はそっと引き抜いて氷を補充する。

「ごめんね……優人くん……」

もう一度、枕を頭の下から入れようとしたとき、奈々海が照れくさそうに呟いた。

「起きてたんですか？　奈々海さん」

優人が言うと、奈々海は小さく頷いた。

「謝ることなんかないですよ……」

綺麗な黒髪の頭を支えながら、優人は彼女の首の下に氷まくらを入れた。

「優人くんが、私を支えてくれたからケガしなかったたって、みんなが……ごめんなさい」

実はさっきまで、真木子や東野さんをはじめとした海の家のメンバー全員も、心配して診療所に集合していた。

医師の話では今日は帰ってもいいそうだから、奈々海を送るために優人だけが残ったのだ。

「何を言ってるんですか、奈々海さんだって僕の命を助けてくれたじゃないですか」

海に落ちた優人を、飛び込んで救助してくれたのは奈々海なのだ。

「でも……真木子さんにも怒られちゃったし……」

奈々海は恥ずかしそうに、向こうに顔をひねって言う。

『優人に、交代するとか、水飲めって言われたのに無視してたって、馬鹿かお前は』

真木子は容赦なしに、ベッドの上の奈々海に怒声を浴びせていた。

でもそれは、責任感の強い彼女なりの愛情なのだろう。

「恥ずかしいわ……ほんとに……」

頬を赤くして奈々海は言う。

(可愛い……たまらないくらい……)

照れる奈々海の、ちょっと泣きそうな顔が優人は愛おしい。

普段は落ち着きのあるお姉さんという風の奈々海だが、今日は彼女の色々な部分が見られた気がした。

「奈々海さんが元気でいてくれたら、それが一番ですよ」

優人はそう言って、奈々海の額をそっと撫でた。

「ありがとう……優人くん……」

ようやく優人の方に瞳を向け、奈々海は少しだけ微笑んだ。

しっかりと見つめ合う二人の間から、わだかまりが消えていく。

「奈々海さん……俺……」

もうたまらなくなって優人は奈々海にもう一度、好きだと伝えようとする。

「平松さん……調子はどうですか？」

奈々海の耳元で囁こうとした時、医師が戻ってきた。

(何でこんな時に……)

びっくりした優人は慌てて身体を起こした。

「帰れそうですか？　無理ならタクシー呼んで、入院できる病院を手配しますが」

「平気です、帰れます……あ……」

慌てて立ち上がろうとした、奈々海が立ちくらみを起こして、もう一度ベッドに座り込む。

「奈々海さん、無理しちゃだめですよ……」

優人は慌てて、まだ顔色の悪い奈々海を支えた。

「本当に大丈夫なんですか？」

近いからとタクシーも断って、奈々海は診療所の外に出て歩き出した。

「あ……」

日が暮れたとはいえ、外はかなり蒸し暑く、奈々海は足元がおぼつかない。

「奈々海さん、危ない」

転びそうになる奈々海の腰に手を回して身体を支える。

（柔らかい……）

Ｔシャツにハーフパンツ越しだが、奈々海の身体は独特の柔らかさがあって、触れているだけでも心地がよかった。

「タクシー呼びましょうよ……」

「だめよ……近すぎるから、迷惑だわ……」

確かに診療所から奈々海のアパートは歩いて五分ほどなので、タクシーを使うような距離ではない。

「じゃあ、僕がおんぶしますよ」

優人は奈々海の前に移動して、道路に膝をついてしゃがんだ。

「そんな、いいよ、重いよう、大人なんだから」

恥ずかしそうに奈々海は周りを見回している。

確かにいい歳をして、おんぶなんかされているところを、知り合いに見られたら恥ずかしい。

「近いからすぐですよ。それにもう暗いから誰も見てませんて」

海岸沿いの道は昼間は人が多いが、逆に夜になればひっそりとしたものだ。

「また転んでケガしたりしたら大変ですから、ほら」

奈々海に背中を見せながら、優人は言った。

「うん……」

ようやく頷いた奈々海は、優人の背中に身体を預けてきた。

「じゃあ、発車しますね」

冗談ぽく笑って、優人は奈々海を背中に担いで歩き出す。

（奈々海さんの身体が……）

おんぶをしているため、優人の手はもちろん彼女のヒップを支えている。

そして、Gカップだと真木子が言っていた巨乳も、優人の背中に押し当てられている状態なのだ。

（なんて……柔らかいんだ……）

さっき腰に手を回したときにも感じたことだが、奈々海の身体に触れると指が吸いついているような柔らかさを感じる。

この感触は、締まった身体の真夏や雛美はもちろん、グラマラスで熟した肉体を持つ真木子とも違った。

(おんぶしてるだけなのに……興奮してきた……)

心臓の鼓動が早鐘を打つように激しくなり、それが、背中にいる奈々海に伝わってしまうのではと、優人は焦っていた。

「ごめんね……」

気持ちを昂ぶらせていることがばれないうちに先を急ごうとしたとき、後ろから奈々海の小さな声が聞こえてきた。

「いいですって、誰も本気で奈々海さんが悪いなんて思っていませんよ」

真木子だって、責任者として叱《しか》っていたのであって、本音では奈々海を心配しているのだと、優人は伝えた。

「違うの……今日は朝からきついこと言ってごめんなさい」

少しかすれ気味の声で奈々海は言う。

「ああ……そのことでしたら……」

あれはヤキモチなのだと言った東野さんの言葉が思い返される。

「気にしてませんよ、怒ってる奈々海さんも可愛かったですから」

顔を後ろに向けて、優人は笑った。

「もう、優人くんっ、ほんとに意地悪なんだからぁ」

奈々海は顔を真っ赤にして、優人の背中をポカポカと手で叩いてきた。

「痛てて、痛いですよ」

そう言いながらも優人は、嬉しくて顔が緩みっぱなしだった。


翌日、奈々海は熱が出たと言って仕事を休んだ。

彼女が独り暮らしであることを心配した東野さんが雑炊《ぞうすい》を作り、それを優人に届けろと言ってきた。

『間違っても他の女の話なんてするんじゃないよ』

にやりと笑って意味ありげなことを言った東野さんだったが、彼女が奈々海のことも、そして、優人のことも心配しているのが伝わってきた。

「優人くん……」

アパートを訪ねると、パジャマ姿の奈々海が驚き顔で出てきた。

「雑炊を東野さんが持って行ってくれって」

「そう……こんなところじゃなんだから、入って」

奈々海は少し笑顔を見せて優人を招き入れてくれた。

「もう、熱は下がったから……けっこう元気なんだけど」

２ＤＫの奈々海のアパートは、彼女らしく綺麗に整頓されているが、物が少なく、少し寂しげな部屋に感じた。

「麦茶でいいかな……」

「あ、お構いなく」

居間のテーブルの前に座りながら優人は、かいがいしく動こうとする奈々海に言った。

「お茶も出さない訳にはいかないよ」

いつもの優しい笑顔を浮かべて、奈々海はお盆を持ってテーブルの前にやって来た。

あれだけ悪かった顔色も元に戻っていて、優人は一安心だった。

「ごめんね、みんなに気を遣わせちゃって……」

テーブルの前にちょこんと正座をして奈々海は言う。

グリーンのパジャマ姿の奈々海だが、ゆるめのデザインの物を着ていても、そのスタイルの良さは隠せていない。

特にGカップだというバストは、ボタンが窮屈になる程、大きく膨らんでいる。

(もしかしてノーブラなのかな……)

パジャマの下の巨乳は奈々海が少し身体を動かすだけで、大きく上下に揺れている。

胸のところに二つのポケットがついたデザインのため、よくわからないが、うっすらとポッチが浮かんでいるような気がした。

「あ……やだ……私……」

優人の目が自分の胸に集中していることに気がついた奈々海は、恥ずかしげに胸を隠した。

(怒ったりしないんだ……)

普通ならば、見るなと怒鳴られても仕方がない状況なのに、奈々海は恥じらっただけだ。

さらには、顔を赤くしてちらりと優人を見てきた。

「奈々海さん……僕……」

少し潤んだように見える奈々海の切れ長の瞳に吸い込まれるように、優人は腰を浮かせて彼女ににじり寄る。

「優人……くん……」

ちょっと戸惑った顔を見せながらも、奈々海もその場から逃げようとはしない。

「僕ずっと……」

あなたが好きでしたと、言いかけたそのとき、台所の片隅に小さな花束が見えた。

「奈々海さん……あれはもしかして月命日の……」

花束の横には透明のレジ袋があり、中には線香やライターがあった。

確か、今日は優人が防波堤のところで溺れかけた日から、ちょうど一カ月目だ。

「うん……毎月、花屋さんに届けてもらってるから。でも今日は途中で気分が悪くなったりしたら危ないからやめとくわ」

悲しげに瞳を伏せて奈々海も花束を見つめている。

さっきまでの気持ちの盛り上がりがなくなり、二人の間に流れる空気も重くなってくる。

「奈々海さん……僕がお供えに行ったらだめですか」

とても告白をするような雰囲気ではなくなった時、優人の心に浮かんだのは、奈々海のかつての恋人にも自分の気持ちを伝えなければという思いだった。

「そんな、いいよ。今までも台風とかで行けなかった日もあったし」

驚いた顔をして奈々海は言う。

「僕もちゃんとご挨拶をしたいんです」

それでも優人は力強く言って食い下がる。

「優人くん……」

真剣な顔の優人を、奈々海もじっと見つめ返してきた。

「うん……じゃあお願いしようかな……」

ほんの少しだけ微笑みを浮かべて、奈々海は小さな声で言った。


海岸から伸びる防波堤の先端に優人は立っていた。

ビーチを挟んで反対側には、祖父の家が建つ岬が見え、剝き出しの岩場がオレンジ色の夕日に染まっていた。

「なんとか日暮れに間に合ったな……」

おぼれかけたところを奈々海に助けてもらった日と同じ、朱色の光が反射する海を見つめながら、優人はほっと息を吐いた。

奈々海の家から持ってきたライターで線香に火をつけ、小さな花束を海に流す。

「康介《こうすけ》さん……お久しぶりです……」

真木子の弟である康介とは、もちろん優人も幼い頃に会ったことがある。ただ彼は中学、高校と野球の強豪校で寮生活を送っていたので、姉の真木子ほど、親しかったわけではない。

「奈々海さんに好きだと言ってもいいでしょうか……」

神妙に手を合わせ、海に向かって優人は呟く。

康介になんの断りもなしに奈々海を愛することは出来ないと思っていた。

「どうか許して下さい……」

そう言った瞬間、急に大きな波が目の前に立ち上がった。

「うわっ」

波はうまく防波堤で砕けたので、さらわれるようなことはなかったが、そのかわり優人は海水を頭から浴びてびしょ濡れになった。

「康介さん怒ってるのかなあ……」

Tシャツの裾を摑んで海水を絞りながら優人はため息をついた。

『頼むぞ……』

その時、どこからともなく男の声が聞こえてきた。

「えっ」

優人は慌てて周りを見回したが、もちろん防波堤には誰もいない。

「康介さん……」

聞こえてきたのは康介の声だったのかと、優人は夕日が沈みゆく水平線の彼方を見つめた。


「奈々海さん、優人です」

アパートの呼び鈴を押して、優人はドアに向かって言った。

一度、真木子の家に戻って着替え、夕食を済ませてきたから、辺りはもう真っ暗だ。

「あら、どうしたの、優人くん……」

中から出て来た奈々海は、Tシャツにハーフパンツ姿で、風呂上がりなのかいい香りがする。

「すいません……波が来てライターとかを濡らしてしまって」

ビニール袋は交換したが、ライターや残りの線香はすっかり湿っていた。

「そんなの明日でいいのに……」

奈々海はいつもの優しい顔で微笑んでいる。

切れ長の美しい瞳は黒目が大きくてたまらなく魅力的だ。

「それと、どうしても言わなくちゃいけないことがあって」

真剣な表情で優人は切り出した。

もちろんこちらが本当の用事だ。

「そう……まあ入って」

奈々海は優人にくるりと背を向けて、部屋の中に入っていく。

「はい」

優人は玄関を上がり、居間に入ったときに、奈々海を後ろから抱きしめた。

「きゃっ」

いきなり、背後からしがみつかれた形になった奈々海は、驚いて小さな声を上げる。

「な、何？　優人くん……」

動揺を見せたものの、奈々海は自分の首の下に回された優人の腕に、そっと白い指を置いて、優しい声をかけてきた。

「愛してます、奈々海さん……」

それだけ言って優人は回した腕に力を込めた。

「でも……優人くんは若いんだから……他にもっと」

諭《さと》すような口調で奈々海は言うが、優斗の腕を掴む手がかすかに震えているのが伝わってきた。

「他の人じゃだめなんです、あなたじゃないと」

優人は奈々海の肩を持って、強引に自分の方を向かせる。

そして、形の整ったピンクの唇に、強く自分の唇を重ねた。

「んん……んん……」

キスをした瞬間こそ、大きく目を見開いていた奈々海だったが、やがて身体から力がすっと抜けていった。

(奈々海さん……)

彼女が自分を受け入れてくれていることを悟り、優人は舌を奈々海の唇の中に侵入させる。

「んん……」

ここでも奈々海はそっと舌を差し出してきて、二人は激しく互いの舌を絡め合った。

「あふ……んんん……」

ヌチャヌチャと粘っこい音を響かせながら、優人も、そして奈々海も、熱いディープキスを繰り返す。

(甘い……)

気持ちが昂ぶっているせいだろうか、優人は奈々海の唾液に甘ささえ感じながら、懸命に彼女を貪った。

「んん……あふ……ああ……」

ずいぶんと長い間、舌を吸いあい、ようやく唇が離れると、奈々海はうっとりと瞳を潤ませて優人を見上げてきた。

「私なんか……おばさんよ……どうして？」

濡れた唇から甘い息を吐きながら奈々海は言う。

もう一度、人を愛するのが怖いのだろうか、黒目の大きな切れ長の瞳に涙がにじんでいた。

「僕はもう、奈々海さんが好きで好きでたまらないんです……だから、歳なんてどうでもいいんですっ」

今度は正面から彼女を抱きしめ、優人は懸命に言う。

「いい歳してるのにヤキモチ焼いて、あなたにきつく当たるようなひどい女なのよ」

「そういう奈々海さんも、可愛くて大好きなんです」

抱きしめる腕にさらに力を込めて、優人は思いのたけを吐き出し続けた。

「馬鹿……」

ついに涙を溢れさせながら、奈々海は嬉しそうに優人の胸に顔を埋めてきた。

「何があっても、ずっとそばにいます……」

絶対に自分は奈々海に哀しい思いだけはさせないと、優人は言った。

それが奈々海を自分に託してくれた康介の気持ちに応《こた》えることだと思った。

「うん……」

長いストレートの黒髪の頭を優人の胸に押しつけ、奈々海は小さな声で返事をする。

その声には、もう悲しみの色はないように思えた。

「奈々海さん……あなたが欲しい……」

いきなり身体を求めるのは、やり過ぎかとも思うが、優人は気持ちが昂ぶるあまり、歯止めが利《き》かなかった。

奈々海はしばらく静かに動きを止めたあと、優人の腕の中で一度だけ頷いた。

「ありがとう奈々海さん……」

にっこりと笑った優人は、奈々海の膝の裏に腕を回し、横抱きに彼女の身体を抱え上げた。

「あん……」

驚く奈々海を抱き上げたまま、優人は居間の奥にある、もう一つの部屋に向かう。

襖が開いていた奥の部屋には、奈々海のベッドが見えていた。

「奈々海さん……」

優人は奈々海の身体をシーツに横たえると、自分も彼女に覆い被さるようにベッドの上に乗った。

そして、すぐ目の前にある奈々海の唇にもう一度キスをする。

「んん……んん……」

そっと目を閉じて奈々海も優人の唇を受け入れる。

切れ長の瞳が閉じ合わさると、長い睫毛《まつげ》が美しかった。

「あふ……んん……ん」

優人はわざと少し唇を離し、舌だけを半開きの奈々海の唇の中に入れる。

舌と舌が見える状態で、ねっとりと絡み始める。

「やん……あふ……んん」

少し恥ずかしげにしながらも、奈々海は上に向かって舌を突き出す。

唾液に濡れ光る、ピンク色の舌どうしが、軟体動物のように絡み合う姿は、なんとも淫靡だった。

「んん……くふう……んん」

互いに鼻を鳴らしながら、ヌチャヌチャと音を立てて、舌を求めつづけた。

「んん……ああ……奈々海さん……」

まだキスしかしていないのに、もう彼女と一つになったような錯覚に陥りながら、優人はようやく舌を離す。

求めあいが生々しすぎたせいか、舌と舌の間で、粘っこい唾液が糸を引いた。

「ああ……もうっ、優人くん、エッチなんだから……」

照れたように奈々海は微笑む。

だがその顔はすっかり蕩けきっていて、彼女がかなりの興奮状態にあることが感じられた。

「奈々海さんの身体を見てもいいですか」

初めて性感に昂ぶる表情を見せた奈々海に、もう興奮を抑えきれず、優人は彼女のTシャツに手をかける。

(ノーブラだよな……)

風呂上がりだったからか、仰向けに寝た奈々海のTシャツに巨乳の盛り上がりがはっきりと浮かんでいた。

しかも、生地越しに二つのボッチの形まで見てとれた。

（いよいよ、奈々海さんのおっぱいを……）

はやる心を抑えきれず、優人はTシャツの裾をまくり上げる。

ほどよく引き締まった真っ白なお腹周りが現れ、可愛らしいおへそも見えた。

「待って優人くん……」

みぞおちの辺りまでTシャツが上がったとき、奈々海は震える声で言う。

何事かと、優人は慌てて手を止めた。

「その……私……経験がないの……」

頬をピンクに染めて、視線を外しながら、奈々海は指を噛んでいる。

「そうですか……わかりました……じゃあなるべく痛くないようにしますね」

そのことは予想の範囲だった優人は、奈々海を安心させるように、力強い言葉で言った。

「驚かないのね……」

奈々海は不思議そうに優人を見上げてきた。

「どうしてですか？　僕はあなたのことなら、なんでも受け入れようと決めてましたから、驚いたりしませんよ」

まさか、前に東野さんとそういう会話をしていたとも言えず、優人はごまかした。

余裕を見せて微笑んではいるが、内心、冷や冷やしていた。

「恥ずかしいよね、私……いい歳してヴァージンだなんて」

悲しげに奈々海は言うが、別に彼女に悪いところなど一つもない。

「奈々海さんこそ……ずっと守ってきたものを僕なんかに……本当は辛いんじゃ……」

奈々海を死ぬほど愛していて、全てを奪いたいと思う気持ちは強い優人だが、反面、本当に処女を貫いてもいいものかという迷いもあった。

「違う、私は優人くんに……してもらいたいのっ」

突然、大声で言うと、奈々海は下から優人にしがみついてきた。

「もう後悔したくないから……」

しがみつく腕に強い力を込めて奈々海は声を震わせる。

半分ほどまくれたTシャツ越しに、奈々海の心臓の鼓動が伝わってきた。

「はい。その代わり、これからは僕が奈々海さんを守ります」

優人は泣き顔の奈々海の唇に軽くキスをしてから、彼女の身体をもう一度ベッドに倒す。

そして、今度は一気にTシャツを脱がせた。

「あ……やん……」

頭の先からTシャツが抜かれ、奈々海は上半身の全てを晒した。

（大きい……）

やっと姿を見せた奈々海の巨乳は、もう見た目からふんわりとしていて、指で押せばどこまでも食い込みそうだ。

色はまさに抜けるように真っ白で、下乳の辺りには青い静脈が浮かんでいる。

その柔らかさ故か、仰向けに寝ていると左右の脇に向けて少し流れてはいるが、薄いピンク色をした乳房のサイズに比例して、少々広めの乳輪は、ちゃんと真上を向いていた。

「ああ……あんまり見ないで……恥ずかしいから……」

男の前で乳房を晒すのは初めてなのだろう、ハーフパンツの腰をくねらせて、奈々海はしきりに恥じらっている。

「無理ですよ、こんな大きくて綺麗なおっぱいを見るなって言われても……」

いくら愛する奈々海に懇願されても、柔軟で巨大な膨らみから目を離すのは無理だと優人は思った。

「だって明るいから恥ずかしいもの……」

切なそうな顔を向けて、奈々海はまた指を噛む。

この部屋の灯りはついていないが、隣の居間から差し込む光で充分に明るかった。

「でも、これからもっと恥ずかしいところを見られるんですよ」

恥じらう奈々海が可愛くて、優人はわざといやらしいことを言ってしまう。

「ああん、やだ、優人くんの意地悪……」

泣き声を上げて奈々海は身体をよじらせるが、本気で嫌がっているようには見えない。

ハーフパンツから出ている膝を切なげに擦り合わせる姿が、なんとも色っぽかった。

(もしかして、奈々海さんも真夏さんと同じ……)

Mッ気があるのではと優人は感じた。

しかし、今は優人も興奮していて、奈々海の反応を見ようというほどの余裕はない。

「意地悪しますよ……もっと……」

満を持して優人は目の前の柔乳に手を伸ばす。

触れると同時に滑らかな肌が吸いつき、指が深々と沈んでいった。

「あ、あ、そんな風に……ああ」

優人の両手の中で、白い乳房がつきたての餅のように、ぐにゃりと形を変えて絞り出される。

手のひらの動きのリズムに合わせ、奈々海の声もだんだんと艶を帯びていった。

（すごい、こんな触り心地初めてだ……）

きめ細かい絹のような肌がしっとりと手のひらに吸いつき、適度な反発力を持ちながら形を変える奈々海の巨乳に、優人はもう夢中になっていた。

そして、何かに吸い寄せられるように、ピンク色の先端部にキスをしていく。

「あ、ひゃあん、だめっ、はあああん」

乳首を舌先で転がすようにすると、奈々海の腰が跳ね上がった。

「敏感なんですね、奈々海さんは乳首が……」

彼女の鋭敏な反応に気をよくし、優人はさらに激しく舌を使う。

「あ、やん、はああん、あああっ」

どうしようもないといった風に喘ぐ奈々海の声は甲高くて、何とも可愛らしかった。

「やああん、優人くんの、エッチ、ああん」

裸の上半身を大きくよじらせて奈々海は喘ぎ続ける。

ほどよく肉の乗ったお腹が、ヒクヒクと震えていた。

「そうですよ、だからもっとエッチなことをします」

優人はそう言うと、身体を後ろにずらして、ウエストのところがゴムになったハーフパンツを一気にずりさげた。

「あ、やああん」

レースがあしらわれたパンティが現れると、奈々海は長い髪を振り乱して、頭を横に振る。

男の前でパンティ一枚の姿など、晒したことがないから狼狽《ろうばい》しているのだ。

「これも脱がしますよ」

もう少し、剝き出しになったムチムチの両脚を見つめていたかったが、優人はすぐにパンティに手をかけた。

「あ、ああ……ああ……」

もう羞恥に訳がわからなくなっている奈々海の足先から、小さくなったパンティが抜かれた。

「すごい……綺麗です……奈々海さん……」

身体を起こした優人は改めて、奈々海の白く肉感的な身体に見とれた。

肩の辺りはくっきりと鎖骨が浮かぶほど華奢《きゃしゃ》なので、Ｇカップの乳房の大きさがさらに強調されている。

二つの肉塊がピンクの乳首と共にフルフルと揺れる姿はまさに圧巻だ。

そこからほどよいカーブを描く腰回りは、なんとも色っぽい柳腰で、ムチムチとしたヒップは、シーツの上で押しつぶされていても肉感的な感じが伝わってきた。

「ああ……見ないで……」

奈々海はもうずっと顔を真っ赤に染め、膝を擦り合わせている。

ユラユラと動く太腿の奥には、少し濃いめの陰毛が優人を誘惑していた。

「見るななんて、無理ですよ」

優人は再び奈々海に覆い被さっていく。

ただ今度は目的が乳房ではなく、陰毛の下にあるはずの奈々海の女の部分だ。

「なに、あ、だめ、そこはだめ、優人くん、ああ」

染みなど一つもない白い内腿を割り開き、優人が顔を埋めていくと、奈々海はさらに狼狽《うろた》えだした。

(奈々海さんの……処女のオマ×コ……)

大きく開いた両脚の付け根に姿を現した奈々海の秘裂は、処女らしいピンク色をした固そうな花びらがきつく閉じていた。

優人はその上から、控えめに顔を出した宝石のような突起に舌を這わせていく。

「ひあ、優人くん、何してるの、ああっ、ああああっ」

突然、襲いかかってきたクリトリスの快感に奈々海は、軽いパニックになっている。

「舐めてるの？　あああ、だめ、汚い、あああああ」

女の秘密の場所を舌で愛撫されていると知り、奈々海は激しく惑乱している。

その身体の反応は凄まじく、内腿がヒクヒクと震え、喘ぎ声はあがりっぱなしだ。

「綺麗ですよ、奈々海さんのここ」

優人はお構いなしに舌を動かし、時折、唇で甘嚙みするように突起を挟んで吸い上げる。

「ひあ、いや、ああん、あああっ、あああっ」

もう奈々海は喘ぐばかりになり、腰を震わせて悶絶している。

身体の動きがあまりに激しいので、たわわな乳房がブルブルと波を打って揺れていた。

（濡れてきた……）

やがて、閉じ合わさっていた秘貝が少し口を開き、中から甘い香りのする蜜が流れ出してきた。

優人はそこを見逃さず、指を少しだけ入れてみる。

「あ、ああん、そこもっ、ああん、だめよう、ああん」

言葉では拒絶しているものの、奈々海の肉体は見事な反応を見せる。

ムチムチの白いヒップが自然と浮き上がり、媚肉の入口が小刻みに震え出した。

「あぁっ、あああん、声が止まらない、ああん、あぁっ」

恥ずかしくても身体はさらなる快感を求めているようで、浮き上がったヒップはそのまま円を描くように上下し、第一関節まで沈んだ優人の人差し指を味わっている。

中からは次々に愛液が溢れ出し、もう下にあるアヌスの方まで滴っていた。

(同じ処女でも、ずいぶん違うんだな……)

控えめな反応だった雛美に比べ、年齢を重ねた分、奈々海の方が快感が深いようだ。

秘裂の反応もかなりのもので、媚肉がもっと奥に指を飲み込もうと収縮をしている。

(そろそろ……)

濡れそぼった秘裂から指を引き抜き、優人は服を全て脱いだ。

飛び出してきた肉棒は、もちろんはち切れそうなほどに勃起していた。

「あ……あふ……優人くん……それ」

身体を翻弄していた快感から解放され、奈々海は甘い息を吐いて身体を投げ出すが、優人の巨根をみると、少し怯《おび》えたような顔になった。

「すいません、僕のは人より大きいみたいなんです、きっと痛いかも……」

肉棒のサイズはどうしようもないが、優人は申し訳ない気持ちになって頭を下げた。

「いいの……ちょっとびっくりしただけ……だって男の人の大きくなったところ、初めて見たんだもの」

また顔を赤くして、奈々海はそばにあった枕で顔を隠す。

確かにヴァージンの彼女にとって、巨根だと言われても比べる対象がないのだ。

「ゆっくり入れますから……いいですか」

奈々海の顔に覆い被さる枕を剝がして、優人はそっと白い頰を撫でた。

「うん、私のことは気にしないで……優人くんの好きにして……」

はにかんだ笑みを浮かべて奈々海は切れ長の瞳でじっと見つめてきた。

「痛かったら、無理しないで下さいね」

その言葉に奈々海が頷くのを確認し、優人は触り心地のいい白い両脚を抱え上げた。

「あ、優人くん……くうっ」

鉄のように硬化している亀頭が、処女の秘裂に沈み始めると、奈々海は顔を歪めて歯を食いしばる。

「あうっ、くうう、あっ」

さらに肉棒を進めると、奈々海は仰向けの身体を引きつらせ、両手でシーツを握りしめた。

「大丈夫ですか？」

苦痛に喘ぐ奈々海に優人は動きを止めた。

「はあはあ……平気よ……やめないで、優人くん」

息を切らせて奈々海は言う。

もう顔は汗まみれになっているが、優人を見つめる瞳には力が宿っていて、女性の強さを感じさせた。

「はい……いきますよ」

優人も気持ちを込めて、肉棒をさらに突き出していく。

濡れた媚肉を亀頭がかき分け、やがて薄いヒダにあたった。

「奈々海さん……」

ここでも優人は挿入を止め、奈々海の頬に手をやった。

「僕……あなたのそばにずっといますから……」

もう奈々海を一人にはしないと、優人は力強く言った。

「うん……嬉しいよ……来て、優人くん……」

少し潤んだ瞳で優人を見つめながら、奈々海は覚悟を決めたように、優人の腰を挟んでいる両脚に力を込めた。

「はい……くう」

優人は一気に怒張を最奥に向けて押し込む。

「くううっ、あああ、ああっ」

固い膜を貫く感触と共に、怒張は一気に奈々海の最奥に滑り込んだ。

「はあはあ……奈々海さん……最後まで入りました」

グラマラスな奈々海の身体に密着し、優人は彼女を見つめた。

「うん……私、優人くんに女にしてもらったのね」

瞳を糸のように細めて奈々海は笑う。

その笑顔がたまらなく愛おしくて、優人は汗に濡れた奈々海の頬にキスをした。

「動いてもいいですか？」

少ししょっぱい味を感じながら優人は顔を上げた。

「うん……最後までして……」

まだ処女の痛みがあるだろうに、奈々海は健気《けなげ》に言う。

「我慢出来なかったら、いつでも言って下さいね」

彼女を気遣いながら、優人はゆっくりと腰を使い始めた。

「く、んん……あぁっ」

優人の下で、強くシーツを握りしめている奈々海に気を遣いながら、ゆっくりと肉棒を前後させる。

媚肉に逸物を馴染ませるように、あくまでスローペースで優人は腰を使った。

(奈々海さんの中……すごく動いてるな……処女なのに)

結合部に目をやると、鮮血が竿の部分にまとわりついていて、彼女がヴァージンであったことを証明していた。

ただ、膣内の肉はヒクヒクとうごめきながら怒張に絡みつき、同じ処女でもとにかくきつかった雛美とはかなり感触が違った。

(年が上だから、馴染みやすいのか？)

年齢を重ねた分だけ、媚肉も熟しているのかと思いながら、優人はピストンの速さを上げていった。

「あ、ああっ……優人くん……ああっ」

ねっとりとした媚肉の粘膜が、怒張を包み込むように絡んできたとき、奈々海の声《こわ》色《いろ》が変化した。

「ああっ、いやん、私、あ、あっ、はあぁ」

その声は、クリトリスを愛撫したときのような甲高い感じではなかったが、明らかに色っぽい艶を帯びていた。

「あ、ああっ、どうして、ああん」

奈々海の声はどんどん甘さを増していき、さっきまで痛みに蒼白かった肌も、うっすらとピンク色に染まってきた。

「痛くなってきましたか？」

「あ、ああっ、うん、痛くないけど、ああっ、でも」

奈々海はかなり戸惑っているようで、うっすら開けた目をキョロキョロさせている。

「気持ちよくなってきたんですか？」

ピストンを続けながら優人は言う。

徐々に動きを速くしているせいで、仰向けの奈々海の上体の上にある巨乳がブルブルと波を打って弾けている。

「ああ、いや、そんなこと言えない、あっ、ああん」

真っ赤になった顔を何度も横に振って奈々海は泣き声を出す。

しかし、これでは自分で気持ちいいことを認めているのと同じだ。

「感じるのは、恥ずかしいことじゃないですよ」

彼女が快感を得ていることを確信した優人は、ムチムチとした太腿をしっかりと抱え、腰を強く振り立ててみる。

「ひああ、ああん、だめ、ああん、それだめ、ああん」

ちょうど子宮口の辺りに亀頭部が強く食い込み、奈々海は切羽詰まった声を上げた。

ピストンするたびに、たわわな乳房が激しく弾んで、天を突いて立ち上がった薄桃色の乳頭も共に踊り狂っている。

「ん、ん、だめ、あ、ああっ、ああん」

もう奈々海は唇を大きく開いて、喘ぎ続けている。

白い歯の奥に、ピンク色の舌が見え隠れし、優人はさらに興奮を加速させ、腰を振り立てていった。

「くうう、奈々海さんの中が締まってきました」

彼女の性感が昂ぶるにつれ、媚肉が左右から肉棒を挟み込むように押し寄せ、優人の肉棒はたまらなく痺れていった。

「ああっ、くうん、ああっ、優人くん、ああん、私、ああ、おかしく、ああん」

両脚には完全に力が入らないのか、だらしなく開かれ、染み一つない内腿はヒクヒクと痙攣を始めている。

もう奈々海が女の極みへと向かっていることは明らかだ。

「奈々海さん、我慢しないで、たくさん感じて下さい」

とどめとばかりに優人は呼吸を止め、肉棒を激しく奈々海の膣奥に叩きつけた。

「ひあぁん、何か来る、いや、ああん、でも、ああん、止まらない」

怯えた様子ながらも、奈々海は白い上半身を断続的に反り返らせる。

柔らかすぎる豊乳が、千切れそうなほどに激しく波を打って弾み続けた。

「あ、ああん、もうだめ、あっ、ああっ、あああっ、飛んじゃう！　はああんっ」

大きな叫びと共に奈々海の身体が痙攣を起こす。

自覚がないまま、エクスタシーに上りつめていく。

「ああぁっ、何これ、ああん、はあああん」

両脚も腕も、そして、下腹部や喉元に至るまで、ビクビクと引きつけを起こしながら、奈々海は初体験で極みに上りつめた。

「僕も、もう出ますっ」

痙攣は肉棒に絡みつく媚肉にも伝わり、優人は一気に追い上げられた。

慌てて奈々海の中から怒張を引き抜き、彼女のお腹の辺りに向けて精を放った。

「ああっ……あ……っ」

おそらく初めて見るであろう男の精液を、奈々海は虚ろな瞳で見つめている。

初めてのエクスタシーのショックが強すぎて、意識が朦朧《もうろう》としている感じだ。

「奈々海さん……イッてくれたんですね、すごくエッチでしたよ」

ようやく射精を終えた優人は息を切らせながら、脱力した奈々海に言った。

「イッた……私が……イクって……やだっ、いや、恥ずかしい、いやああ」

ようやく自分が晒した姿を理解した奈々海は、突然、自我を取り戻し、優人の下で身体を丸めた。

（かわいい……）

もう全身を真っ赤にして恥じらう奈々海を見下ろし、優人は一人微笑むのだった。

第七章　淫らなフィアンセ

「どうだ、けっこう綺麗になっただろう」

補修の終わった岬の家の前に仁王立ちして、真木子は胸を張った。

「どうだって、修理したのは大工さんだろ」

鼻息を荒くする真木子に、優人は呆れ気味に言った。

「なんだよ、私の紹介だったから、格安で出来たんだぞ」

真木子は不満げに言う。

「そうですね、本当に感謝してます、真木子さん」

優人の隣りに立つ、奈々海がぺこりと頭を下げた。

夏も終わりの九月、ペンキも塗り直され、新築とまではいかないが、かなり綺麗になった祖父の別荘に、優人は奈々海と共に暮らすことになった。

海側に回るとウッドデッキも綺麗に修理されていて、全部、真木子の後輩がほとんど材料費だけでやってくれた。

「まあこれからもよろしくお願いしますよ、社長」

冗談ぽく優人も言う。

ここに住むにあたり、優人は冬は真木子の家の酒屋の従業員として働き、夏は海の家で仕事をすることになった。

今までは奈々海がそうしてきたのだが、彼女は東野さんの紹介で、町の漁協の事務員として働くことになっていた。

「なにが社長だ、まったくお前は感謝の気持ちが足りねえぞ」

真木子は優人の頭に腕を回してヘッドロックすると、強烈な力で締め上げてきた。

「いてて、従業員をもっと大事に扱えよ……いてて」

顔の半分を真木子の巨乳に押しつけられるような形で締められながら、優人は声を上げた。

奈々海と愛を確かめ合ってから、皆に付き合っていくことを報告すると、全員が祝福してくれた。

真木子と、処女を捧げてくれた雛美も喜んでくれたが、奈々海もいるのに意味ありげな笑顔をされてドキドキした。

ただ二人とも邪魔をしたりする気はないようで、雛美は自分も彼氏を探すと笑って大学に戻っていった。

「ふん、ひと夏経っても細い身体しやがって、まだ暑いから酒屋の方は忙しいんだからな、たんまり働いてもらうぞ」

「わ、わかってるよ」

ぐいぐいと力を込めてヘッドロックする真木子とは、この夏で、本当の姉弟のような関係になった。

お盆の繁忙期に気温が上がりすぎて、熱中症になる海水浴客が続出したり、海の家で転んだ優人が柱に頭をぶつけて脳震盪《のうしんとう》を起こしかけていたのに、真木子と東野さんは柱が折れていないか心配していたりと、本当に色々なことがあった。

しかし、その分、優人は皆と家族になれたような気がしていた。

「しっかりしろよ、お前は」

好き勝手なことを言って、真木子はようやくヘッドロックの腕を解《と》いた。

そんな二人の様子を奈々海はニコニコと笑顔で見守っている。

「まったく、奈々海も、そこから落ちたらすぐ死んじゃいそうな、このヘタレのどこがよかったのかねえ」

岬の家のウッドデッキから見える、切り立った崖を見ながら真木子は笑った。

「ヘタレじゃなくても、こんな所から落ちたら死ぬだろ」

崖の真下は、剥き出しの岩場なので、転落したらケガでは済まなそうだ。

しかし、その分、ここからの海の眺めは絶景なのだ。

「真木子さん、死ぬなんて言わないで下さいっ」

さっきまで笑っていた奈々海が頬を膨らませて、怒っている。

彼女に対して、死ぬという言葉は使ってはいけないものなのだ。

「はいはい、すいませんねえ。じゃあ、そろそろ邪魔者は帰るとするか」

ばつが悪そうに真木子は頭をかいて、優人たちに背を向けた。

「ほんとうに色々ありがとう、真木子さん」

これは本気で、心からの感謝の気持ちをこめて、優人は真木子に言った。

彼女の存在がなければ、奈々海とこうして愛し合うことも、なかったのかもしれないのだ。

「気にすんな、その分は身体で返してもらうから」

振り返って真木子はにやりと笑う。

「う、うん……お手柔らかに……」

微妙な気持ちで優人は手を振る。

隣の奈々海を見ると彼女は、働いて返せという意味だと思っているのだろう、ニコニコと笑ったままだ。

しかし、優人の方は肉体関係があることが、もし奈々海にばれたらと、気が気でない。

「じゃあなっ」

真木子は、またにやりと笑って歩き出した。

「う、うん……また明日……」

少し声をうわずらせながら、優人はとんでもない弱みを握られてしまったのではないのかと、頭が痛くなってきた。


「これがじいちゃんの見せたかった景色か……」

夜も更《ふ》けてきた頃、ウッドデッキの前のサッシを開け放った優人は、部屋の灯《あか》りを全て消し、リビングの床に座って海を眺めていた。

今日は満月の夜で、波の少ない静かな海面を蒼白《あおじろ》い光が照らしている。

「ありがとうじいちゃん……」

缶ビールを口に運びながら優人は呟く。

田舎なのでネオンも街の灯りも少ないS海岸の月夜は、灼熱の昼の姿とは別世界のような、蒼い光景が広がっていた。

「本当に綺麗ね……」

奈々海も隣りにやって来て、月明かりに輝く海を見つめる。

「同じくらい、奈々海さんも綺麗だよ……あ……奈々海さんの方が上かな……」

隣りで長い脚を折って横座りする奈々海に優人は言った。

今日もTシャツにハーフパンツの地味な格好だが、白絹のような肌に満月の光が映え、一種壮絶な美しさを見せていた。

「やだもう、冗談ばっかり……」

奈々海は恥ずかしげに顔を伏せる。

「本気だって、奈々海さんはここから見える景色より綺麗だよ」

普段なら照れてしまうような言葉も、優人は自然と口にしていた。

蒼白い光でリビングの中まで照らす、月の力のおかげかもしれなかった。

「もうっ、優人の馬鹿……恥ずかしい……」

二人っきりのとき、奈々海は優人のことを呼び捨てで呼ぶ。

優人も敬語を使うのだけはやめたが、名前だけは『奈々海さん』とさん付けで呼んでいた。

自分の理想を具現化したような美しい奈々海を、呼び捨てにすることはどうしても出来なかった。

「ねえ……優人……あの約束、守らなくちゃ……だめ？」

上目づかいに優人を見上げながら、奈々海が恥ずかしげに聞いてきた。

切れ長の瞳を潤ませ、頰を染めた奈々海の表情はなんとも男心を刺激した。

「奈々海さんが嫌ならいいよ。無理矢理になんて出来ないし」

わざと冷たい口調で言う。

羞恥にもじもじする奈々海を見ていると、優人はすぐに変なスイッチが入ってしまうのだ。

「だって恥ずかしいもの……でも、優人が見たいなら……」

赤くなった顔を伏せたまま奈々海は、人差し指で床をなぞっている。

今にもTシャツの胸元を突き破りそうな巨乳が、少し動いただけで小刻みに揺れ、横座りのムチムチの下半身が月明かりの中で切なげに動く。

男を虜にするようなセクシーな身体を持っているのに、いつまで経っても恥ずかしがりな奈々海に優人はさらに興奮する。

「そりゃあ俺は見たいよ……。でも、奈々海さんが見せたいと思わないなら、やめてもいいよ」

彼女を押し倒したい衝動をこらえ、優人は淡々と言った。

「もう……夜になるといつも意地悪になるね、優人は……」

整った唇を尖らせて奈々海は潤んだ目を向けた。

しかし、その間も折り重なった太腿を奈々海が擦り合わせているのを、優人は見逃さなかった。

「ちょっと待ってて……」

奈々海は消え入りそうな声でそれだけ言うと、リビングの外に駆けていった。

優人はただ黙って、蒼色に染まるさざ波を見つめていた。

リビングの奥に背を向け、何か物音がしても絶対に振り返らなかった。

「お待たせ……」

奈々海の声が背後からした時、ようやく、身体を後ろに向けた。

「おおっ、すごい格好だ、奈々海さん」

優人は思わず大声で言ってしまった。

さっきまでクールな男を演じていたのも台無しだ。

「ひどいわ……優人が見たいって言ったのに……」

月明かりを真正面から受けながら奈々海は声を震わせた。

優人が奈々海にお願いしていたのは、裸の上からエプロンを着けて欲しいということだった。

しかも、エプロンは海の家で使っているような面積の大きい物ではなく、フリルのついたハート形をした胸当てに、同じようなフリルの前掛けが繋がったものだ。

「は、恥ずかしい……」

グラマラスな奈々海が身につけると、上半身の中心にある大きなハートの左右から、柔らかそうな乳肉がはみ出し、超ミニスカート並みの前掛けから、ムッチリと艶めかしい両脚が完全に覗いていた。

露出している全ての肌が真っ白なためか、蒼い月明かりがそこを照らすと、まるで白磁《はくじ》のように輝いていた。

「ああ……優人……なにか言ってよ」

切なげに下半身をくねらせながら、奈々海は泣きそうな声を上げる。

奈々海の処女を貫いてから、夏の間、何度も互いの身体を求め合った。

その中で奈々海は、最初の夜に優人が感じた、真夏と同じMの気質を徐々に開花させ、こういう風に淫らな辱《はずかし》めを受けると、羞恥に震えながらも性の炎を燃やすのだ。

「ああ……ひどいわ……優人……」

辛そうなことを言っていても、その切れ長の瞳は妖しく潤み、半開きになった唇からは常に甘い息が漏れっぱなしだ。

「後ろも見せて、奈々海さん……」

興奮を抑えて、優人はわざと突き放すように言った。

「ああ……後ろはもっと恥ずかしいのに……」

恥ずかしそうにエプロンの裾を持ったまま、奈々海はゆっくりと背を向けた。

(おおっ、なんてエロい)

喉をついて出そうになる言葉を優人はどうにか飲み込んだ。

背中側は、もう紐しかなく、首と腰の所で紐が結わえられているだけだ。

どん、と大きく張り出したヒップは、割れ目に至るまで完全に露出し、そこから繋がるセクシーな太腿がなんとも艶めかしかった。

(ん？)

ムッチリと膨らんだ二つの尻たぶを見ていたとき、優人は目を見開いた。

(もう、濡らしているのか奈々海さん……)

尻たぶの付け根辺りが少し開いた時に、月の光に何かが光るのが見えたのだ。

(下まで垂れるくらい濡らしてるのか……)

優人の思惑通り、奈々海はかなり興奮しているようだ。

「奈々海さん、こっちに来て……」

「うん……」

頷いた奈々海はちょこんと正座をして、優人の左肩にそっと寄り添ってきた。

「なんか見た目も、前よりエッチになってきたんじゃない、奈々海さんは」

優人は奈々海の太腿の辺りを軽く撫でながら囁く。

月明かりに蒼白く輝く太腿は、本当にすべすべとしていて、陶器のように滑らかだ。

「あっ、やだ、言わないで、そんなことない」

優人の手が触れただけで、奈々海は小さな喘ぎ声を出して腰をくねらせた。

「本当かな、おっぱいも大きくなったんでしょ……」

エプロンの、ハート型の胸当ての横から手を差し入れて、柔らかな乳房を揉む。

処女を失ってから、奈々海の乳房はまた成長したらしく、GカップがなんとHカップになったそうだ。

「ああん、優人くんがたくさん揉むからよう」

柔らかい乳房に指が食い込むと、奈々海はもう切羽詰まったような声を出す。

「違うよ、奈々海さんがスケベだからさ」

彼女の反応に気をよくした優人はさらに力を入れて巨乳を揉みしだきながら、人差し指の先で乳首を責めた。

「はう、だめ、あああん、そこは、ああん、弱いのう」

弱いのと言えばもっと責められるのは、わかっているはずなのに、奈々海は自ら叫んで喘ぐ。

「乳首が感じるんだね、奈々海さん」

快感に喘ぐあまり、崩れそうになる奈々海の肩を左手で支えながら、優人は右手でさらに乳首を摘み上げる。

「ひう、そんな、ああん、ああっ」

恥じらいながらも奈々海は唇を大きく開き、舌を覗かせながらよがり泣く。

「両方したらどうなるかな？」

優人はにやりと笑うと、左手を彼女の腋《わき》の下から入れて左の乳首を、そして、右手はそのままで両乳首を同時にこね回した。

「ひん、だめ、あん、はああん、くうん」

エプロン一枚の身体を引きつらせて、奈々海は甲高い叫びを上げた。

身体が跳ね上がるほど強く背筋を伸ばしたため、エプロンの前掛けの部分がまくれて、股間がチラチラと覗いていた。

「ふふ、乳首はもうビンビンだよ」

両手でくりくりと乳首を弄びながら、優人は奈々海の真っ赤になった耳元で囁く。

「ひあ、だって、ああん、エッチな摘み方するから、はああん、ああっ」

長い黒髪を振り乱し、奈々海はしきりに首を横に振る。

身体の関係を重ねるたびに奈々海は肉体の感度を増していき、肉棒でエクスタシーも迎えるようになったものの、恥じらいが強いのか自ら快感を口にすることはない。

優人はそんな奈々海を可愛く思う一方で、彼女の殻を破らせてみたいという気持ちもあった。

「じゃあ、もっとエッチなことをしようかな」

左手は乳首を責めたまま、優人は前掛けの中にある、秘裂へと手を伸ばしていく。

「いや、だめ、そこは、ひあっ」

股間に手が伸びていくことに気がついた奈々海は、慌てて両腕を伸ばすが、一瞬早く、優人の指が秘裂を捉える。

「はああん、ああっ、やん、ああん」

まだ膣口の辺りに指先が触れただけなのに、奈々海はガクガクと身体を震わせ、正座をしていた両脚を崩していく。

「もうグショグショじゃん、ほんと濡れやすいよね、ここは」

わざとネチネチと優人は囁いた。

恥ずかしい格好をさせられただけで濡れていた秘裂は、もう完全に蕩けきっていて、溢れる愛液に触れると熱いと感じるほどだった。

「そんな……ああん、いやらしい女みたいに言っちゃ、いや。あああん」

指を回すようにして、膣口を刺激すると、奈々海の身体からさらに力が抜け、もう優人の肩にしなだれかかるように横座りしている。

優人はこの隙を見逃さず、奈々海の脚を持って強引に開脚させた。

「きゃっ、なにっ、ああっ、だめ」

リビングの床に尻餅をついてM字開脚する体勢をとらされた奈々海は、激しく狼狽えている。

「いやあ、裸より、恥ずかしい……」

白い内腿が大きく開き、エプロンの前掛けだけが股間を隠している状態にされた奈々海は、羞恥を叫んで身をくねらせる。

確かに乳房や秘裂は隠されているが、エプロン一枚で豪快に開脚するグラマラス美女の姿は何ともいやらしい。

「裸のほうがいいなら、これを外してしまおうか」

奈々海の耳に唇を密着させるようにして囁きながら、優人はエプロンの結び目を解いていく。

「や、だめ、裸にしてなんて、言ってない、ああっ」

ついに一糸まとわぬ全裸にされ、奈々海は泣き声で叫ぶ。

しかし、腰を上げて優人の手から逃げようという動きはまったく見せない。

「綺麗でエッチな身体だよ、奈々海さん」

エプロンが宙を舞い、奈々海はM字開脚で肉体の全てを晒していた。

柔らかそうなHカップの巨乳や、大きく開いた染み一つない太腿に、海から差し込む月光が映え、蒼白い輝きを放っていた。

「いやいや、言わないでえ、あああん」

両腕を後ろについて、股間を突き出すような姿勢のまま奈々海が首を振ると、柔らかい巨乳がフルフルと横揺れを見せた。

「もう、エッチだって言われても否定しないんだね」

優人はそう言いながら、奈々海の秘裂に人差し指と中指を同時に押し込んだ。

「ひああん、あああっ、奥は、はああん」

一気に媚肉を引き裂いた二本の指が膣奥を捉えると、奈々海は激しいよがり泣きを始めた。

もう優人の言葉に反応している余裕もない様子だ。

「すごくグチュグチュしてるよ、奈々海さん」

指を大胆に前後に動かすと、粘っこく湿った音が、月明かりに照らされたリビングに響き渡る。

「ほらほら、エッチなお汁が垂れてきた」

「ああっ、見ちゃだめ、ああん、ああ」

指が出入りを繰り返すたびに、溢れる愛液が飛び散り、床に広がっていた。

「奈々海さん、手マンがすごく気持ちよさそうだよ」

これでもかと秘裂を掻き回し、優人は囁く。

「あぁっ、そんないやらしいこと言っちゃ、ああん、いやっ」

大きく盛り上がる乳房を激しく揺らし、奈々海はよがり続ける。

開かれた内腿がヒクヒクと痙攣を始め、彼女の昂ぶりを示していた。

「いやらしいのは奈々海さんのオマ×コじゃないの？　気持ちよさそうだよオマ×コ」

「ああっ、エッチなこと言わないでぇ、ああん、あああ」

もうイク寸前といった感じの奈々海は、卑猥な言葉を聞くたびに、腰を震わせて反応している。

もう何をされても快感に変わっているという感じだ。

「ふう、そろそろ、こっちがいいかな……」

優人は一息ついて、指を奈々海の秘裂から引き上げる。

そして、自分だけ立ち上がると服を脱いで全裸になった。

「ほら、もうこんなになってるよ、奈々海さん」

奈々海の前に仁王立ちになって、優人は腰を突き出す。

「ああ……すごく大きい……」

牛の角のように反り返る逸物を見て、奈々海は瞳をうっとりと潤ませ、自ら膝立ちになって舌を這わせてきた。

「あふ……んん……んん」

何度も優人の逸物を舐めている奈々海は、亀頭の裏筋や尿道口に躊躇なく舌を這わせていく。

ねっとりとした愛情のこもったフェラチオだ。

「もうチ×ポが欲しいんじゃないの」

快感に声を出してしまいそうになるのをこらえ、優人は奈々海を追い込むべく言う。

こうして肉棒を舐めている間も、奈々海が肉付きのいい下半身をよじらせているのを見逃していなかった。

「ああ……そんなこと……」

奈々海は辛そうに目を伏せるが、もう息が荒くなっている。

「言わなきゃ、入れないよ」

「ああ……ひどいのね、優人は……」

冷たく言った優人を奈々海は悲しげに見上げてきた。

「言えばすぐに入れるよ、奈々海さんのエッチなオマ×コに」

ごめんと言って抱きしめたいのをこらえて、優人は奈々海を見下ろす。

彼女が本音では、辱められることを望んでいると感じていたからだ。

「ああ……欲しい……」

いきり立つ肉棒を手で握りしめ、奈々海は顔を伏せて言った。

「ちゃんと言ってよ」

奈々海の顎を持ち、優人は自分の方を向かせる。

「ああ……奈々海……おチ×ポが欲しいの……」

甘えるような目をして奈々海は、頬を桜色に染めておねだりをした。

「ふふ、わかった、じゃあ今日は向かい合ってしようか」

恥じらいながら淫らな言葉を口にした奈々海に心を昂ぶらせ、優人はリビングの床に座って彼女の身体を抱え上げた。

「あ、ああっ、優人、ああん、大きい、あああっ」

対面座位で挿入が始まると、奈々海は大きく背中をのけぞらせて喘ぐ。

「くううっ、はああん」

すでに愛液に溶けきっている秘裂は、優人の巨根も抵抗なく飲み込んでいく。

「あ、ああっ、奥に、はああん、来てるう」

亀頭の先端が子宮口に食い込むと、奈々海は清楚な顔を歪ませ、背中を大きくのけぞらせて悲鳴のような声を上げる。

ムチムチの両脚がガクガクと震え、たわわな巨乳が別の生き物のように踊り狂った。

「奥がいいんだね、奈々海さん」

優人はリズミカルに腰を突き上げ、ピストンを開始する。

溶け落ちた媚肉の中を長大な怒張が掻き回し、張り出したエラが膣壁を抉った。

「くうん、ああん、すごい、ああっ、優人、はああん、いい、気持ちいい」

両手で優人の肩をしっかりと握りしめ、奈々海は無我夢中といった様子で、自ら快感を口にした。

「どこがそんなに気持ちいいの？　教えて」

恥じらいという殻を破り始めた奈々海に優人はさらに追い打ちをかける。

「ああっ、言えない、ああん、だめよ、ああっ」

全身は真っ赤に染まり、ユサユサと揺れる乳房の先端は痛々しい程に尖っていても、奈々海は恥じらいをまだ捨ててはいない。

「言ってくれたら、もっと強く突くよ、こんな風に」

優人は膝の上の奈々海の身体を抱きしめ、腕の力を使って上下に揺すった。

「はああん、すごくいいっ、奈々海、オマ×コが気持ちいいのおっ」

ついに快感に、自我を崩壊させた奈々海は、優人も驚くような大声で叫んだ。

「オマ×コがいいんだね、奈々海さん」

しっかりと抱きしめているため、息のかかる距離にある奈々海の顔の横で、優人が囁くと、約束どおり、強いピストンを開始する。

「ああん、オマ×コ気持ちいいの、奈々海、ああん、もうすぐオマ×コでイクの」

甘えた声を上げ、蕩けた目を向けた奈々海は、もう自ら腰を使い出す。

普段は清楚で恥ずかしがり屋な奈々海が見せる淫婦のような姿に、優人も興奮し、激しく腰を振り立てた。

「イッていいよ奈々海さん、俺ももうすぐイクよ」

自らの限界が近いことを悟り、優人も叫んだ。

絡みつくように締めあげてくる奈々海の膣肉に、肉棒は暴発寸前なのだ。

「ああっ、中に来て優人。ああん、奈々海、優人の赤ちゃん、産みたいのぉっ」

たわわな乳房をこれでもかと弾ませ、奈々海は叫ぶ。

もう来週には身内や海の家のメンバーだけで簡単な結婚式をする予定なのだ。子供が出来ても構わない。

「うん、イクよ、奈々海の中で出すよ、おおお」

奈々海の名を呼び捨てにして、優人は最後の突き上げに入る。

結合部から大量の愛液が飛び散り、尖り切った乳首が巨乳と共に踊り狂った。

「はああん、イク、奈々海、オマ×コでイクうううう」

奈々海は背中をのけぞらせて、絶頂を極める。

同時に媚肉が強く収縮し、肉棒を締め上げてきた。

「俺も、くうう、出る」

怒張が震え、先端から粘っこい精液が飛び出していく。

「あああ、来てる、優人の精液が子宮に、あああん、私、ああ」

ビクビクと身体を痙攣させながら、奈々海は虚ろな目で悶え続ける。

「くうう、子宮が膨らんでる、ああん、私、孕《はら》んじゃう、はああん」

何度も襲いかかるエクスタシーの発作《ほっさ》に髪を振り乱しながら、奈々海は叫び続けた。

「う、ううっ、奈々海さん、俺の子供を産んでくれ」

優人も夢中で叫びながら、奈々海に唇を押しつける。

奈々海も懸命に舌を出し、二人は全身で互いを感じ合っていた。


（了）

※本作品はフィクションです。作品内に登場する
団体、人物、地域等は実在のものとは関係ありません。

※本書は 2013 年 6 月に小社より刊行された
『ゆうわく海の家』を一部修正した新装版です。

長編官能小説

ゆうわく海《うみ》の家《いえ》〈新装版〉

2021 年 6 月 28 日初版第一刷発行

著者……………………………………………… 美野 晶

デザイン……………………………………………小林厚二

発行人……………………………………………後藤明信

発行所………………………………………株式会社竹書房

〒 102-0075 東京都千代田区三番町 8–1

三番町東急ビル 6F

email：info@takeshobo.co.jp

竹書房ホームページ http://www.takeshobo.co.jp

印刷所………………………………中央精版印刷株式会社

■定価はカバーに表示してあります。

■落丁・乱丁があった場合は、furyo@takeshobo.co.jp までメールにて
お問い合わせください。